悲しみの効用

五木寛之

Itsuki Hiroyuki

祥伝社

悲しみの効用

装幀／吉永和哉

目　次

第一章　悲しみの効用　9

第六章　病《やまい》の効用　127

第七章　マンネリの効用　157

第八章　鬱《うつ》の効用　177

第一章 悲しみの効用

●「がんばれ」と言ってはいけないとき

未曾有《みぞう》の大災害が東日本を襲いました。

多くの死者、行方不明者を出した地元だけでなく、この国全体を深い悲しみがおおっています。物理的な被害だけでなく、日本人全体が大きな精神的ダメージを受けたのです。

津波のような悲しみが広がりつつあると感じないではいられません。

最近、心理カウンセラーの間では、悲しみを我慢しないようにアドバイスすることがいつの間《ま》にか定説になっているらしい。

つまり、「悲しいときには泣きなさい」と教えるのです。

以前は、

「希望は必ずあるから、ここはじっと我慢して、悲しみをこらえて」

というふうに言っていましたが、いまはそうではなくて、

「どんどん涙を流して大声で泣きなさい。泣くことで、悲しみは薄らいでゆくから」と、アドバイスすることが、なかばマニュアルとなっているようです。

しかし私は、いわばマニュアルとして教え込まれたことを、そのまま、「きっと悲しいでしょう。悲しいときは涙を流して泣くといいんですよ」と言うのは、どこか違うのではないか、という感じがしてなりません。

いざ悲しいときに泣けないというのは、多くの人が身に覚えのあることではないでしょうか。

私にも経験があります。肉親が死んだとき、葬式の当日などはなかなか泣けませんでした。

そんなときは、自分には悲しみの気持ちが足りないのだろうかと、自分を責める気にもなったものです。

けれども本当の悲しみというのは、時間が経《た》ってからやってくるのかもしれません。その時間がたって出てくる悲しみが一番厄介《やっかい》なのです。

悲しみに遭遇したときに、そこで声を上げて泣こうが、何ともいえず悲しいと思おうが、それは不自然ではないからいいのです。やがて三年、五年、十年たち、世間がみんなそのことを忘れてしまって、誰に会っても慰めてくれなくなる時期がきます。

まわりが陽気にいろいろ楽しいことをしてるときに不意にあふれてくる、個人的な悲しみというものこそ、非常に厄介なのです。そういうものが、うつの一つのきっかけになったりしかねない。

リンカーンの有名な演説でこういう言葉があります。

〈悲しいときには、胸が張り裂けそうな苦しみを味わいます。やがていつの日か心の晴れるときが来ようとは、いまは夢にも思えないことでしょう。けれども、それは思い違いというものです。あなたは、きっとまた幸せになれます〉

この話はいかにもアメリカ人らしい、非常にポジティブな考え方です。

岡本《おかもと》かの子は岡本太郎《たろう》のお母さんです。晩年は仏教に帰依《きえ》して、歌もいろいろ詠《よ》んでいますが、その中にこういうものがあります。

「年々《としとし》にわが悲しみは深くして　いよよ輝く命なりけり」

人生はこの歌のようになれば理想でしょう。しかし、私は上の句の「年々にわが悲しみは深くして」にむしろ心引かれるところがありました。

　岡本かの子はどちらかというと陽性な人でした。ご子息の太郎さんにもそれは引き継がれていると思いますが、彼女は華《はな》やかな、迫力のある美女だったのではないかと思います。

　そんな女性でも、年ごとに悲しみが深まっていったらしい。

「そうか、あの人にして、やはりそうだったのか」

と感じずにはいられません。

「いよよ輝く命なりけり」というのは、実際に自分の心が華やいで命が輝いているという歓喜をうたっているのではなくて、そうありたいという一種の願望だろうと解釈しています。

　なぜなら、悲しみというものは時間とともに深まっていくものだからです。

　かつての日本では、「悲しいときにも涙は見せてはいけない」とされていました。いまはそういう常識は薄れてきているかもしれません。

　かつては涙などというものは恥ずべきものであり、汚《けが》れたものだというような時代がありました。

最近では「三倍泣けます」などと、いかに泣けるかということが、映画や出版物のセールスポイントになっている傾向もあります。

世間には、喜びと悲しみというものを対比させて、〈笑いや喜びは人間の体にすごくよい〉、〈悲しんだり嘆《なげ》いたりすることは免疫力を低下させるから体に悪い〉という考え方もありますが、一方では、強い悲しみが逆に免疫力を上げるという説も信じられるようになってきました。

ですから最近の、「悲しいときは泣きなさい」というようなケアの仕方も、理由のないことではないでしょう。

また、「悲しみを共有する」という考え方も広まってきました。

これを英語ではコンパッションというそうです。

コンパッションというのは「共感共苦する心」のことで、人の痛みを自分の痛みのように感じることらしい。今回の大震災でいうと「被災者に共感し、悲しみを共にする姿勢」であり、それが行き過ぎると、過剰な自粛につながったりしてしまうこともないではありません。

「グリーフケア」という療法があります。そこでは人の痛みや苦しみをケアすることを方法化しています。そこでは、「がんばれと言ってはいけない」、というのが一般的な約束事となっているらしい。

グリーフケアは人々の痛みを軽減するというケアですが、実は学界でも混乱していて、どちらかというと旧勢力の間では、「喜びの効用」ばかりが強調され、その一方、一部ではやや安易に「悲しみの効用」が語られるという傾向がみられます。

私は長年ずっと言いつづけているのですが、現実というのは黒か白かで割りきれるものではありません。黒い部分と白い部分が入り組んでいるのが世の中で、たとえば近代とか中世とか簡単に言いますが、近代はいつから、中世はいつまでと簡単に分けられるものではありません。それは斑《まだら》に入り組んでいる、というのが、本当のところではないでしょうか。

真理というのは、常にそういう斑《まだら》に入り組んでいる中にあるものなのです。いままでも「悲しみの効用」をあまり認めない人が多数派です。しかし、その一方で今度は、悲しみを共感する、共有するということを、しきりに声高《こわだか》に叫ぶという風潮もでてきました。

しかし、そもそも悲しみというものは悪いことだ、いいことだと、そんなにはっきりと分けられるものなのでしょうか。

保守と革新、というものがあったとします。革新の理論というのが、いつのまにか常識になってくることだってある。いまはまだ保守の力というのはある程度強いけれども、次の時代には、革新の言葉はマンネリ化しているということもあるかもしれない。

そういう中で自分の意見を言いつづけるのは、なかなか難しいことなのです。たとえばがんの患者さんに向かって語られる言葉で多く耳にするのは、「悲観的になるな、常に希望を持って病《やまい》と戦え」という言い方でしょう。

そんな中で「悲しみの効用」を説くのは難しいことです。

今度の震災で家族をいっぺんに失った人たちに、「悲しみの効用」などと言わなくても、「俺たちは、すでに十分悲しんでいるよ」という話になりますから。といって、軽々しく「がんばろう」とか、「いつでも希望は見えています」などとは、とても言えません。

東日本大震災に関して、日本うつ病学会の委員会は、報道機関に向けて緊急提言をまとめています。

一言で言えば「がんばれ、と言いすぎないで」という内容でした。

「『がんばれ』『絶対くじけないで』といった励ましが、被災者にはつらく感じられることがある。震災から四カ月ほど経った後に、繰り返し励まされると、当時を思い出して重症化する恐れがある」

と、忠告していたのです。

●血縁のかわりに人と人とを結ぶ絆《きずな》とは

人間にとって「がんばれ」という激励は、じつに大事なことなのです。その声によって、実際に人は立ち上がることができるときもあるのですから。

「仏教は知恵と慈悲の教えです」と、よく言われます。京都でお寺を案内しているガイドさんが外国人に、

「これは仏教のテンプルです。ブッディズムのお寺です。仏教というのは知恵と慈悲の教えです」

と説明をしているのに出会うことがあります。

たしかに要領よく説明しているので、外国人も「アイ・シー」とか言って、わかったようにうなずいています。しかし、慈悲という言葉をどういうふうに訳しているかというと、一般には「ラブ」と訳すガイドさんが少なくありません。

「ラブ」と言われると、たしかにわかりやすい。

けれども慈悲という言葉を、「ラブ」とひとことで訳すのは、少し難しいところがあるのではないでしょうか。

慈悲というのは、元々は「慈」と「悲」なのです。「慈」はサンスクリットの言葉で「マイトリー」という。これは「ヒューマニズム」と訳したら一番ぴったりくると思うのですが、前向きの明るい希望を人々に与える、そういう励ましの感情なので

す。

同じ人間同士として信頼し合って、がんばろう、という気持ちが背景にある言葉が「慈＝マイトリー」なのです。

そのマイトリーという言葉はどこから発生したかを、考えてみます。

人間は最初、原始的な生活の中では一人で暮らしていたのが、女性と男性のカップルで一緒に暮らすようになった。やがて子どもが生まれ、家族が誕生し、家族が枝分かれして一族ができる。そこでは血のつながった同族の者たちが集落をつくって暮らすことになる。

私の九州の田舎などもそうでしたが、田舎の山地、中山間《ちゅうさんかん》地域に集落をつくって暮らしているところは、みんな同じ姓なのです。私の母の姓は持丸《もちまる》というのですが、まわりは持丸姓ばかりでした。

あそこの家は、どこの家の次男の子だとか、三男の子だとか、甥《おい》だとか姪《めい》だとか、家族の内容まで詳しく知っている。そして血縁というものが共同社会を成り立たせている絆《きずな》になっている。だから少々のトラブルがあったとしても、同じ一族なのだからということで、何となく収めてしまえる。そういう穏《おだ》やかさはあるわけです。

つまり、人間と人間をつなぐ絆が血の絆、血縁であるというのが、社会の最初の構成要因だったのです。

ところが、やがてインドなどでも鉄器の使用が始まると、農業が大規模になって余剰生産物が生まれるようになる。それを交易して売ったりして、経済活動が始まり、そして大きな河口の港では海外との貿易も始まる。こういうことで、大きな河口の街に、数万ないし数十万の人が集まる都市が成立してきます。

そういうポリスと呼ばれる都市国家の中では、多くの人々が各地から集まってきて、集団を形成します。そこには血のつながりとか血縁というものはないのです。

まず言語が違う。それから北方と南方とでは民族が違う、顔立ちも全然違う。生活習慣が違う、宗教が違う。

そんなさまざまな違う人たちが集まって、ポリスで共同生活をする。そうすると一つのポリスで暮らす人たちの心をつなぐ絆《きずな》、人間社会の絆が必要になってくる。それはもうすでに血縁、血のつながりではありえません。

血のつながりに代わる絆というものが、ポリス生活の中で生まれなければならない。そこでつくり出されたものがヒューマニズムというか、私たちはみんな同じ人間同士ではないかという信頼の感情です。それが、「慈＝マイトリー」なのです。

だから、マイトリーというものは血縁に左右されない。乾いていて近代的なものですから、他人に説明してもよくわかります。

家の前で子どもが転んで、膝小僧《ひざ》から血を流して泣いているようなとき、「どこの子だ」、「あれは三軒先の家の三男坊だ」、「それは大変だ。すぐ助けてやろう」となる。

これだと古い血縁の絆になってしまう。しかし、「どこの子だ」、「いや、どこの子かわからないよ」、「でもかわいそうだから助けてあげなきゃ」となると、そこにマイトリーが生まれてくるのです。

それは人間同士、お互い血はつながっていなくても、相手は大切にしなければいけないという近代的な感情ですから、「慈」は、いまの人々に説明してもよくわかるのです。

●「悲」とは、他人の苦しみを引き受けられない痛み

一方、慈悲の「悲」は、古代のインドの言葉でカルナです。

ところが、この言葉を辞書で引いてみても、あまりよくわかりません。「思わず、知らず識《し》らずに漏れ出すうめき声のような、ため息のような感情」と説明されますが、それだけでは「悲」というものの正体がつかめないのです。

いろいろと調べてみると、要するに「悲」というのは「慈」と対照的なものであって、どこか湿っている気配もあるし、印象が暗い。そして「慈」というものが多弁であるのに対して「悲」というのは無言の感情のように思われます。

一言で言うと、悲とは、「共感共苦する心」です。人が痛み苦しんでいるようなとき、そばにいて自分も同じように心を痛めるということでしょうか。そういう共感共苦の心持ちというのが、実は「悲」という感情なのだということがわかってくるのです。

そばに寄り添って、その人の痛みを自分の身に引き受けてあげたいと思う。

しかし、人の痛みというのは個人的なものです。けっして他人が譲り受けることができないし、代わることもできない。

そのことがわかってきたときに、おのずと「ああ、何ということだろう！」というため息が漏れてきて、うめき声が漏れ出す。これが「悲」という感情です。そういう「悲」の心を感じつつ、そばに寄り添うということは、痛み、悲しみの最中にいる人にとっては、それはそれで非常に大きな励まし、力になることではないでしょうか。

もちろん、言葉を尽くして「がんばれ」と言われるのも大きな励ましです。現実の社会では激励というものは必要なことです。

たとえば力が萎《な》えて道端《みちばた》に座り込んでいる人がいる。そのそばに行って、手を差し出して、

「この手につかまりなさい。大丈夫ですよ。がんばりなさい。私と一緒に肩を組んで歩いていこうではありませんか。何百メートルか歩けば、ほら、あそこに船があるでしょう。あの船に乗れば、われわれは絶対に安全にここを脱出できますよ」

というふうに励まされたとしましょう。

立ちすくんでいても、まだ動く余力と意思のある人だったら、

「ありがとう」

と感謝し、その手にすがって立ち上がって、新たな再生を目指すことができるかもしれない。そういう意味では、励ましというのはものすごく大事なことなのです。

ところが現実には、福島第一原発の二〇キロ圏内にいる高齢の方の中には、救援の人が行って、

「避難しましょう」

と勧めても、

「もういいんです。置いておいてください」と言う人もおられました。人間にはそういうところもあるのです。

病気で、自分の命が尽きることを自覚して、それを受け入れようと、さまざまな苦しみを体験してきた人がいるとします。彼はある程度、死を受け入れる穏やかな気持ちになっている。

また、自分の家族を失って、ここでどんなに嘆《なげ》いても、激励されても、その命は帰ってこないということをいやというほどに痛感させられている人もいます。

そんな人に対しては、「がんばれ。明日があるよ」という励ましの言葉は、時には空《むな》しく響くこともある。「私ががんばったら、じゃあ、亡くなったあの子は帰ってくるんですか」ということもあります。

そんなときには、「慈」の持っている前向きな希望のメッセージ、「力になる」とか、「明日がある」という言葉は、時には意味のない、苛立《いらだ》たしいものとして空転してしまいかねません。

そういうときにこそ、「悲」というものの力が発揮されるのです。

何も言わない、ただそばにいる。相手の嘆きを自分のことのように感じながら、それでもなお、「あなたの痛みを私は引き受けることはできません。本当に残念です」というように共感共苦する雰囲気は、必ず人に伝わるものではないでしょうか。

人間には、「慈」が有効なときもあれば、「悲」が大切なときもある。

「慈」というのは励まし、「悲」というのは慰《なぐさ》めというふうに考えていいのかもしれません。慰めは決して多弁ではありません。

仏教の世界では、与楽抜苦《よらくばつく》という言い方があります。「与」というのは与える、「楽」は希望とか楽しみとか喜びです。生きる喜びを与えるということが「与楽」です。「抜苦」というのは痛みを和《やわ》らげる。その人の心の苦しみを少しでも軽くする。こういう意味で、「慈」に対しては「与楽」という言葉が当てられ、「悲」に対しては「抜苦」という言葉が当てられるのです。

がんの末期でモルヒネが効《き》かなくなり、痛みに苦しんでいる患者さんがいる。付き添いの家族が、

「自分の命を縮めてでもいいから、この病人の苦しみを軽くしてください」

と必死に祈ったのだけれど、その患者さんは最期まで苦しみつづけて亡くなった、という話を聞きました。

人の苦しみを、代わって自分が引き受けることができないということを知ったときに、人はただ「ああ」といううめき声を発する。心の痛みは個人的なもので、他人が代わることはできない。

「どんなに思いやりが深く、愛情が深くても、その人の苦しみを引き受けることはできないのだ」

ということに気づいたときに、人はうめき声を発し、ため息をつくしかない。これが「悲」という感情なのです。

●悲しげな顔の仏像が、なぜこの世にあるのか

私はこれまでいろいろな寺を回って、たくさんの仏像を見てきましたが、その中に、ときとして強い憂《うれ》い顔の仏様に会うことがありました。寂しそうな、いまにも泣き出しそうな、そういう切なげな表情をした観音《かんのん》像や菩薩《ぼさつ》像を見ることがあったのです。

そういう仏像が安置されているお寺のご住職に、こうお尋ねしたことがありました。

「仏というのは、すべての衆生《しゅじょう》をもれなく救うという深い決意をして、誓いを立

て、その誓いの下に厳しい修行をして、悟りをえ、最後は涅槃《ねはん》に入って安らかな境地におられると聞いたことがあります。それなら仏の表情には安らかな微笑とか穏やかな明るさが漂っていていいはずなのに、どうしておたくの仏様は、こんなふうに切なげに、暗い、悲しげな表情をしておられるのでしょう」

するると、その住職はしばらく腕組みをし、考えられたあとで、

「五木さん、こういう言葉をご存じですか？　『衆生《しゆじよう》病むがゆえに我病む』」

「聞いたことがあります。俗に、世間病むがゆえに我また病む、とも言いますね」

私がそう答えますと、「そうそう、それです」とおっしゃり、こう続けられました。

「つまり仏というのは、たしかにあなたがおっしゃったように、すべての人々をもれなく救うという誓いを立てて仏となった存在です。

しかし、その仏さまが深夜、耳をすませると、この地上からさまざまな人々の悲しみの声、苦しみを訴える声、助けを求める声が絶えず響いてくる。そうすると、仏さまとしても、そこで大きなため息をつかざるをえない。自分はもれなくすべての人を救うと誓って仏となった身ではないか。にもかかわらず、こうして涅槃《ねはん》にいても、地

上の人々の痛みや悲しみや苦しみは尽きないどころか、その声はますます大きく響いてくる。自分は涅槃に安らかに安住していて、はたしてよいものであろうか。そう思われたときに、仏様は大きなため息をつき、己の無力感を嘆くうめき声を発せられるのです」

そして、その言葉に重ねて、

「それがつまり、『悲』の感情であって、うちの仏さまは、その『悲』というものを体現されているのではないか。『悲』の気持ちを表現したお顔だというふうに考えていただいたらいかがでしょう」

と言われました。

共感共苦する心というのは大切なものですが、共感共苦したところで、その人の痛みを自分が半分背負えるのか。自分が痛むことでその人の痛みを半減させられるかというと、そうはいかないのです。

苦しみとか怒りというのは、その人自身のものであって、母親が息子に代わることもできず、子どもが親に代わることもできない。

ここがつらいところなのですが、そのことがわかったときに人は、人間というものは一人ひとりの存在なのだと気づくのです。

相手の気持ちがわかる。相手の痛みを理解する。それはできる。できるけれど、それを和《やわ》らげるということは人間にはなかなかできないことだと気づいたときに、「悲」という思いがわいてきて、思わずため息をつき、うめき声を発する。ですから「悲」という言葉は、マイナスのイメージがあるし、字面《じづら》も暗いように感じられたとしても、実は大事な感情なのです。

●ため息をつくことで、本当の呼吸ができる

しかし、私たちは、戦後ずっと、「慈悲」のうちの「慈」というもののプラス面だけを大事にしてきました。笑いとか笑顔が何よりも大事、ユーモアは文化であると叫ばれてきた。

笑顔、喜び、感謝の気持ち、明るい前向きな姿勢さえあれば、自然治癒力も増大す

るし、免疫力も増えてくるのだと一方的に考えてきたのです。

そういうものを大事にしようというのは当然のことですが、その反面、暗い気持ちにとらわれたり、悲しんだり、嘆《なげ》いたり、迷ったり、そういうことは全部マイナス思考であるとする考えも広まってしまった。

そういうことにとらわれている限り、その人の運命もよくならないし、自然治癒力も低下し、免疫力も落ちる、とされてきたのです。

悲しみは人間の健康と心を阻害するものだと考えて、慈悲の「慈」だけを強調して、「悲」を谷底へ投げ込んで走りつづけてきたのが、戦後の六十年ではなかっただろうか、という感じがするのです。

ため息というと、すぐに暗いイメージをもつ。「おもいで酒」などという歌にもありますが、何かカウンターの端《はじ》っこで水割りでも飲んで、昔の傷痕《あと》を自虐的になめているようなマイナスのイメージがある。

けれども、ため息というのは、本来はそういうものではないのです。

呼吸法を会得《えとく》した人ならだれでもわかっていることですが、呼吸というのは、「呼」

は吐く息、「吸」が吸う息です。まず大きく吐いて、全身の息を吐き切ってしまう。そうすると、努力しなくても新しい息は自然と体内に流れ込んでくる。ですから、呼吸はまず吐くのが先です。

大きなため息をつくときに、息を吸いながらため息をつく人はいない。

〈自分はどうしてしまったのだろう〉と何べんとなく思い、そのたびに、「ああ」と大きなため息をつくのは、私は大事なことだと思っているのです。

〈なぜ家族というのはこうなのだろう、世の中はどうしてこうなのだろう、人間はしょせんこんなものか〉という人間不信から、大きなため息をつくときもある。

また、〈自分というのはいったい何なのだろう、何という愚《おろ》かな、何というだめな存在なのだろう〉という自己嫌悪に陥《おちい》って大きなため息をつくときもある。

われわれは一日に何べんとなく、そういう思いを感じる。そのときにため息をついたら、「ため息は命を削《けず》る鉋《かんな》かな」ということで、「だめだ、こういう気持ちになってはいけない」と思い直して、ため息を途中でやめてしまう。

そんなところがわれわれの日常ではないかと思うのです。

●笑うことだけが、人の体を活性化させるのだろうか

アメリカの有力誌『サタデー・レビュー』の元編集長で、ノーマン・カズンズさんというジャーナリストがいます。原爆が投下された広島のレポートを書いた人ですが、自分の闘病体験と自然治癒力の可能性を取材した本が一九七九年、アメリカで大ベストセラーになりました。

彼は後にカリフォルニア医科大学の教授となり、笑いの効用を研究するチームをつくって、研究を進めました。

カズンズさんが本を書いたきっかけは、自分が膠原病《こうげん》になったことでした。何とか自分で治そうとして試行錯誤の末、不満や怒り、悩みや絶望などのネガティブな気分が抵抗力を低下させ、体に悪い影響を及ぼすことを知った。

そして常にポジティブな気分になり、希望や楽しく生きる意欲を持ちつづければ病気にもよい影響をもたらすのではと考えて、喜劇映画を見たり、おもしろい本を読ん

だりしたそうです。

その結果、十分間大笑いをすると、その後およそ二時間は痛みに妨《さまた》げられず熟睡できるということを、発見したといいます。そしてついに症状はよくなり、自己の体験と自然治癒力の可能性を取材した本が大ベストセラーとなった。『笑いと治癒力』という題で、現在は岩波現代文庫に入っています。

ある雑誌に載《の》った記事ですが、日本でも、医師の伊丹仁朗《いたみじんろう》さんが、吉本興業の協力を得て、大阪の「なんばグランド花月」で公演の前後、がんや心臓病の人から採血した血液の変化を調べた研究報告があります。三時間にわたって大笑いした前と後とでは、一六人中一四人の血液でナチュラルキラー細胞（NK細胞）が活性化し、がんに対する免疫力を高めることがわかったということです。

免疫増強のヘルパーT細胞と、免疫の過剰反応を抑えるサプレッサーT細胞という二つの細胞の比率を調べたところ、笑った後では多くの人が、その比率が理想的な形で正常範囲に近づいてきたという話には、びっくりさせられます。

これによって、笑うことは免疫力低下による病気や自己免疫疾患にもいい影響を与えることが予測される、ということが証明されたとされています。また、阪神・淡路大震災の直後のストレス状態では、ナチュラルキラー細胞の働きが低下することもわかっているらしい。

日本医科大学の名誉教授の吉野慎一郎《よしのしんいちろう》先生は、林家木久蔵《はやしやきくぞう》師匠の落語を聞く前後に、二六人の女性の関節リウマチ患者さんの採血を行ない、痛みの程度、炎症が進行する指標のインターロイキン―6やストレスホルモン、コルチゾールの変化などを、女性三七人の参加者と比較されたと紹介されています。

その結果、一時間笑っただけでリウマチの痛みが軽減し、インターロイキン―6の数値は約三分の一に下がり、ほとんどの人でコルチゾールの数値は低下したといいます。これは笑うことがいかに心を明るくし、医学的にいい影響を体に及ぼすかということを客観的に物語っているわけです。

喜びや笑いがこのような効果を持つとなれば、その反対にある、泣く、悲しむ、嘆くという行為が、体や病気に悪い影響を及ぼすのではないかという疑問が生まれてくるのは当然のことです。事実、そのように証明する学者も少なくありません。

ですが、実は私はこうした考えにはずっと疑問を感じ続けてきました。

もちろん、笑うことや明るい気持ちを持つこと、楽しい計画を考えることが、体にいい影響を及ぼし、気分的にも生理的にもいい反応が起きるということは、疑いようがありません。

ＮＨＫなどでも、視聴者を集めて漫才を聞かせたり、いろいろと笑ってもらって、その後で血糖値や白血球を測り、「こんなふうに笑うこと、楽しむことで身体状況はよくなります」という番組をやっている。

けれども、悲しみとか、泣く、嘆く、ため息をつくとかという気持ちが身体にどう作用するかという検証はないのです。私は笑うという一方の感情だけが身体につながっているとされるところに、問題があるような気がして仕方がありません。

やはり両方の感情を考えなければいけない。人は悲しむとか、嘆くとか、迷うとか、それから絶望するとか、こういうことによっても心が癒《いや》されたり、免疫力が向上したり、自然治癒力が上がったりするということもあるのではないか。

人は、何かもやもやしたときに涙を流して泣いたりすると、すっきりするときがあるものなのです。そういう「悲しみの効用」というもの、悲しむことによって取り戻される人間性というものがあるのではないか、と私は考えています。

●柳田國男《やなぎたくにお》が何を憂《うれ》えていたかということ

昭和十五年に、柳田國男が「涕泣史談《ていきゅうしだん》」という意見を発表しました。後にそれを整理して、いまは著作集に入っていますが、かいつまんで言うと、それはこんな内容です。

〈日本人というものは泣くということを非常に大切にする民族であった。泣くべき場所できちんと泣くということは社会人にとっての条件であった。泣くということを文化の域にまで洗練させてきた日本人だが、最近、世間を見回すと、あまり泣くという景色が見られなくなったような気がする。日本人は泣かなくなったのではないか。泣かなくなったということは、はたして日本人にとってよいことであろうか〉

柳田國男という人は、高級官僚だったこともあって非常に用心深い人でしたから、断定的な物言いはしないのですが、日本人が泣かなくなった理由として、「教育が普及したからだ」「口達者になったからだ」などを挙げています。

しかし、そこに柳田さんの真意はないと思うのです。

終わりのほうに出てくる、「日本人が最近泣かなくなったということは、はたしてよいことであろうか」という部分にこそ、柳田さんの言いたいことは尽きるのではないかという気がします。

〈一人息子が戦場で死亡して、母のもとに帰ってきた。それを「お国のために、よく立派に死んでくれました。来年の四月には靖国神社の桜の下で会いましょう」と、母は静かに微笑《ほほえ》んだ……〉

そんな軍国美談的な新聞記事を、子どものころに読んだ経験があります。そういう時代に、「あんた、なぜ死んだのよ」と言って、骨壺にすがりついて号泣するというようなことは、できにくい時代であったわけです。軍国主義の時代というのは、そういうものでした。

戦時中、日本人は泣くということを女々《めめ》しいこととし、かつ非常に野蛮な行為として蔑視する流れができました。戦後になると高度成長の中では前向きということが重視されて、プラス思考偏重の中で、泣くとか、悲しむとか、嘆くとかということはまたもや蔑視されてきた。日本の歌謡曲などは別れとか、つらいとか、涙とか、切ないとか、そんな言葉ばかりなので、「あれは野蛮な幼い文化である」というふうに言われつづけてきたのです。

●悲しいときは、きちんと悲しむ。悲しいときは、悲しみと向き合う

私の父親は国語と漢文の教師でしたから、わが家の書棚には本居宣長《もとおりのりなが》や賀茂真淵《かものまぶち》、平田篤胤《ひらたあつたね》などの本がそろっていました。しかし私はある種の皇道哲学者であった父親に対する反発が残っていたものですから、恥ずかしながら、戦後も本居宣長などの本を開いてみることもありませんでした。

たまたま先ごろ、歌の発生ということを考えているうちに、本居宣長の『石上私淑言《いそのかみのささめごと》』という文章と出会いました。その中の短いフレーズの中に、非常に示唆的な言

葉があったのです。

それは「悲しみというものにどう向き合うか。人は生きている限り悲しいことに出遭《あ》う、そのときにはどうしたらいいのか」という文章です。

私流にそれを要約して、その部分だけを拡大して紹介しますと、

「そういうときにはやはりきちんと悲しまなければいけない。悲しいと思わなければいけない」

と本居宣長は言っているのです。

「自分で心の中で悲しい、悲しいとつぶやけ。そしてそれを人にも語れ。声にも出して、大声で、『ああ、悲しい』と叫びもせよ。それがきわまって歌となるのだ」

というような主張なのです。

悲しみに出遭うときが、人には必ず訪れます。そしてその悲しみに出遭ったときに悲しみを逸《そ》らせたり、適当にごまかしたり、やり過ごしたりせずに、悲しみと正面から向き合え、というあたりに、私は非常に共感するところがありました。

悲しみと向き合って、いま自分は悲しんでいるのだということを、自分でしっかり

と確認して「ああ、悲しい、何ということだろう」と声にも出して言い、つぶやいてみる。

独《ひと》り言《ごと》としても言い、人にも語る。そのことによって内側にこびりついている悲しみが客体化されて、客体化されたものなら乗り越えていくことができるというふうに本居宣長は考えているのだろうと、そう思ったことがありました。

倉《くら》田百《たひやく》三《ぞう》の戯曲『出家とその弟子』の中に、親鸞《しんらん》と若い弟子との対話が出てきます。格子戸の中から外を覗きながら若いお弟子さんが親鸞に向かって、

「お師匠様。私はこのごろなんだか淋しい気がしてならないのです。時々ぼんやりいたします。きょうもここに立って通る人を見ていたらひとりでに涙が出て来ました。何も別にこれと言って原因はないのです。しかし淋しいような、悲しいような気がするのです。時々は泣けるだけ泣きたいような気がする。私は自分の心が自分でわかりません。私は淋しくてもいいのでしょうか」と語ります。

それに対して親鸞はこう言います。

「お前の淋しさは対象によって癒《いや》される淋しさだが、私の淋しさはもう何物でも癒さ

れない淋しさだ。人間の運命としての淋しさなのだ。それはお前が人生を経験して行かなくてはわからないことだ。お前の今の淋しさはだんだん形が定まって、中心に集中して来るよ。その淋しさをしのいでからほんとうの淋しさが来るのだ。今の私のような淋しさが。しかしこのようなことは、話したところでわかるものではない。お前が自ら知って行くよ。

淋しい時は淋しがるがいい。それは運命がお前を育てているときだから」

人は悲しいときには、それをはぐらかし、目を逸らせて、違うことでその悲しみをまぎらわそうとする。しかし、それはよくないのではないかと思うのです。

一刻も早くその悲しみを乗り越えて立ち上がっていくためには、その悲しい現実というものをまっすぐに見つめる。そして心の中で、「自分はいま、こういうことで悲しんでいる。何という悲しいことだろう」と独り言も言い、大きなため息もつく。

そのことによって悲しみから本当に立ちあがることができるのではないかと、思うのです。

第二章　世辞の効用

●布施行《ふせぎょう》としての「世辞《せじ》」

世辞《せじ》というのは、他人に対していろいろと調子のいいことを言う言葉だとされています。

ふつうは「お」をつけて「お世辞を言う」というふうに使います。

「見えすいたお世辞はやめてくれ」

などというせりふが、ドラマの中などでも使われる。

ですから、なんとなくイメージが悪い。

「おべっか遣い」

という言い方と、あまり変わりません。

しかし、本当に世辞というものは、良くないものなのか。世間は世辞に対して反発しているのか、といえば必ずしもそうではない。

むしろ会社員の出世レースなどでは、上手に世辞を言う男が優位に立つ場合が多いのではないか。

「ゴマすり」と、

「世辞つかい」

とは、ほとんど同一視されているようですが、はたしてそうでしょうか。

広辞苑を引いてみますと、「実際以上にほめることば」とか、「人の気をそらさないうまい口ぶり」などと出ています。まあ、それにはちがいありません。

しかし、「世辞」を「施辞《せじ》」と書き換えてみますと、そこにちがった面が浮かびあがってくる。

「施《せ》」は「布施《ふせ》」の「施」。「辞」は、ことば。文章。

また、用途としては、「腰を低くして発する言葉」とか、「丁寧ないい方」といった面もでてきます。

私はこの「世辞」を「施辞」と書き換えて、そのプラス面を考えてみたいと思うのです。

仏教には「言辞施《ごんじせ》」という言葉があります。

言辞施《ごんじせ》というのは人々の心を明るくするような、いいことを言うといいます。

それがいわゆる世辞といわれるものの、もともとの形なのです。

歴史上の名将はほとんどが、そういう世辞のうまい、巧言令色《こうげんれいしょく》の人を身近に置くのですが、それはそれで私はよくわかるのです。

なぜかというと、世辞を言われて「こいつは世辞を言っているんだな」とわかっても、自分は本当はそうではないということを、将軍とか名将といわれる人はだいたいわかっている。わかっているけれど、それを向こうから言われると、「そんなこと、俺だってわかっているよ」と言い返すよりは、「いやいや、それほどでも」と言っているほうが楽だし、人間関係もうまくいく。

ある意味では、人の言葉を信用していない人が、世辞を言う人間をまわりに置く傾向があるのです。

私の知人で気づかいのある人がいるのですが、私と顔を合わせるたびに、「大丈夫ですか。今日、顔色悪いですけど、夕べ、徹夜なさいました?」と必ず言ってくる。

私はそれが嫌でしかたがありませんでした。

「今日はちゃんと、たっぷり睡眠も取って、顔も洗って、ひげも剃《そ》ってきたぞ」と張り切っているのに、憂《うれ》い顔で人の顔をじっと見ては、「大丈夫ですか。ちょっとお疲れのようで」などと必ず言う。

ここはやはり嘘でもいいから、「今日は気持ちよさそうですね」とか、「春になってきて、五木さんもお元気そうですね」とか言ってほしいのです。人間というのは、そういうものなのではないでしょうか。

だから私は感じのいい世辞を言ってくれる人に対しては、とても好意をもちます。その世辞にそのまま乗ってしまうお人好《よ》しな人も、それはそれでうらやましいと思うけれど、私のように古だぬきになってしまうと、「またこんなお世辞言って、なにか下心があるんだろう」と思いながらも、やはり世辞をいわれるのは気分のいいことだなと思うのです。

会社に勤めている人とか上役を持っている人とか、あるいは夫婦間とか親子の間でも、やはり世辞は言ったほうがいいです。あまり誠意のない世辞は、いかにも空々《そらぞら》しいお世辞になって反発を買ったりするかもしれませんが、一のものを十ぐらいに言うくらいの世辞は必要でしょう。

「世辞道」といいますか、お世辞をきちんと言う道を極《きわ》めている人は、本当に、幸せな人生を送るような気がします。世辞も布施の一つで、布施は必ず自分に返ってくるのではないでしょうか。

「布施」の原意はサンスクリットの「dana《ダーナ》」ですが、音訳されて「檀那《だんな》」となりました。寺や僧侶のスポンサーのことでしょうか。転じて「旦那《だんな》」ともなって「旦那さん」というような使いかたもされています。

「檀那の家」が「檀家《だんか》」です。

「布施」というのは、仏や寺や僧侶に対して捧げるもの、一般には「お布施」ということになっています。金品を贈ることをいいますが、それだけではありません。広く世の中のために布施をする。これを「布施行《ぎょう》」という。まあ、いまでいうボランティアでしょうか。

そのなかには、なかなかユニークな発想が見られます。

「顔施《がんせ》」などというのもある。にこやかにほほえみを浮かべて人びとに接すること。

そのことで他人に春風が吹くような暖かい気持ちをあたえ、世の中を明るくする。

席をゆずる、という布施もある。宿を貸すというのも布施の一つです。

そのなかに、「言辞施《ごんじせ》」もあります。

言葉で相手を安らいだ気持ちにさせ、疲れた人を元気づけ、喜ばせる。

「世辞」の起源は、ひょっとして、このへんにあるのかもしれません。

とかく「巧言令色《こうげんれいしょく》　鮮《すくな》シ仁《じん》」などという文句が頭に浮かぶと、お世辞を言うのが、はばかられるときもあるものです。

しかし、「言辞施」と「巧言令色」の間には、本当は大きな差があるのではないか。

「言辞施」は、「きっとできる。君なら必ずやれるさ」という励ましにも近い感じでしょうか。

そんなふうに励まされたとき、私たちはどう反応するか。

「なにを言ってるんだ。もう駄目なことは、おれ自身がよくわかっているんだぞ。気休めなんか言ってほしくない」

と、突っぱねる人もいるでしょう。また、

「ありがとう。そう言われれば元気がでるよ。まあ、やれるだけやってみるさ」

と、適当に答える人もいるかもしれない。

私は後者のほうがリアルに世の中と自分を見ている人のような気がするのですが、どうでしょうか。

「お世辞」は、言うことも難しいのですが、言われるほうにもマナーが必要です。自分の現状を冷静に判断しながら、それでもなお相手の「世辞」にそれなりの対応をする。これはいうなれば「世辞を返す」ことです。

世の中はそんなふうなやりとりで成りたっているし、見えすいた「お世辞」でも、ないよりはましでしょう。

外交などというものは、「お世辞」のやりとりの間にシビアな取り決めがなされる。これがお互いに「お世辞」抜きの交渉だと、対決になってしまって話が進まない。

もっとも良い「お世辞」は、一分の真実と九分の誇張です。まったく何もない「お世辞」には内心、苦笑するしかないのですが、たとえ一〇パーセントでもそこに真実が含まれていれば、人の心を励ます効用もないではありません。生存期間三カ月、とはっきり告知されたがん患者に向かって、「必ず治るよ。絶対に大丈夫」などと見えすいたことを力説するのは良くない。しかし、「おや、今日はなんとなく顔色がいいね。元気そうだよ」と言われれば、人は自然に慰《なぐさ》められることもあるのではないでしょうか。

●お礼を求めてはいけないのが、お布施

布《ふ》施行《せぎょう》の一つに財施《ざいせ》というのがあります。簡単にいうと、自分が持っている財力を相手に寄贈する、お金を出すということです。

お金はある人が出せばいい。それから、それがない人は、身施《しんせ》といって体、労働力を提供することでボランティアみたいな働きをする。これもいいことなのです。

そういう布施をすると、インドの思想としては、善因善果《ぜんいんぜんか》、悪因悪果《あくいんあっか》の考えに基づき、「積善《せきぜん》の人に余慶《よけい》あり」ということになります。善を積んだ人にはいい報《むく》いがあ

る。これは通俗的な仏教の教えなのですが、それが中国に行くと、「積善の家に」と変わってきて、一族郎党の話になったりもするのです。

いずれにしても、在家の信者にとって布施をするということは、修行して厳しい戒律を守って生きている人々が得る善果の一端を分けてもらうことなのです。

ですから、布施をすること、それ自体が一つの行《ぎょう》であるという考え方なのです。そうすると、布施というのは、したほうがお礼を言わなければいけない。本来、仏門では布施をされた人は、そこでペコペコおじぎをしたり、「ありがとうございました」と安易に言ってはいけないのであって、傲然《ごうぜん》と胸を張って受け取っていればいいわけなのです。

昔、北陸のほうに有名な仏教者がいて、その人は布施の受け取り方が日本一見事だったという有名な人でした。「ありがとう」と言って、卑屈にもならず、といって傲《ごう》慢《まん》にもならず、スッと懐《ふところ》に入れるさまが、「ああ、出してよかったな」という気持ちにさせるというのだから偉いものだと思います。

どうしても人は物をもらうとき、「ありがとう」などとペコペコするか、あるいは偉そうに、「うん、そこに置いておけ」という感じかの、どちらかになる。そうではなくて、布施の受け取り方が日本一きれいだったというのは、なかなかの人だと思います。

昔、インドを旅行すると、「バクシーシ」といって物乞《ものご》いの人たちが集まってきたものでした。

「その人たちの裏にはものすごい組織があって、乞食の親方に搾取《さくしゅ》されているというから、物はあげないほうがいい」

と言うガイドさんが多い。片腕が切られているとか、片足のない子どもたちとかが来るとどうしても気持ちは揺らぐのだけれど、「してはいけない」と言われているから我慢する。

けれども、どこかの建物の外《はず》れあたりで仏跡を見ていると、飢《う》えた子どもを抱いたお母さんがふっと現われる。そして黙って手を差し出す。その目つきを見ていると、いけないと言われていても、まわりに人がいなければ、つい小銭を出して相手の手の平の上に載《の》せてあげる。

やはり人間というものは、必ずどこかに相手の感謝を期待するところがあるものです。けれども、その受け取った母親は会釈《えしゃく》一つせずに傲然《ごうぜん》と、平気な顔でさっと去って行くのです。そのとき、たいていの人は「あれ?」と一瞬思います。バスに戻ると同行の人たちが、「もう二度と出さない」とか言っている。

しかし、そういう思いは基本的に間違っているのです。

タイなどの托鉢《たくはつ》を見ていると、食事や物品を差し出した人が全部手を合わせて、頭を下げて拝んでいるのです。それを受け取ったほうは、会釈一つしないでさっと去って行く。

なぜならば、布施行というのは、行をする機会を与えられて、そのことによって来《らい》世《せ》にいい報《むく》いがあるという機会を与えていただいたことなのだから、本当は、したほうが感謝しなければならない。

だから布施というのは御礼を求めてはいけない。こちらがお辞儀をして相手に渡すべきだということなのです。

その布施の中でも、たとえば「無財の七施」などというものがあって、お金もない、体力もない、そういう人にどういう布施があるかという七つの中に、先ほども述べた言辞施《ごんじせ》というものがあります。この言辞施というのは、よいことを言って相手の人の気持ちを明るくする、希望を持たせるというものです。

無畏施《むいせ》というのがまた別にありますが、それは人の不安を取り除くということなのです。いまなら「不景気なんか心配ありませんよ」と学者に力強く言われれば、ほっとする。それが無畏施です。

●「裸の王様」の話に隠されていたかもしれない深い意味

私は正直に言って「お世辞」を言われるのが好きです。たとえそれが見えすいた下手くそな「お世辞」であったとしても、それを喜ぶ気持ちがあることを隠すことができません。

「良薬は口に苦し」

とは、昔から耳にタコができるくらいにきかされてきた言葉です。真実を伝える言葉は、痛みをともなう。

「王様はハダカだ！」

と言われるまでは、王様は自分が恰好《かっこう》いいと思っていた。だから追従《ついしょう》とか、世辞ばかり言う者の言葉に喜んでいるのは、バカである、というのが世間一般の考え方でした。しかし、はたしてそうか。

「裸の王様」という物語は、人口に膾炙《かいしゃ》しています。

「あいつは〈裸の王様〉さ」

などと陰口を言ったりする。要するに阿諛《あゆ》追従《ついしょう》にとりまかれて、だれも本当のことを言わず、本人も自分が無力だということに気づいていない愚か者のことをいうのでしょう。

しかし、あまりにも世に知られたこの話に、私はなんとなく首をかしげるところがあるのです。

裸の王様をとりかこんでいる腹黒い連中は、いったいどんなことを王様に言っていたのか。

仮に王様が裸でいるとします。それに対して、こびへつらい、真実を語らぬ茶坊主たちは何と言っていたのか。

そして本当に王様は自分が裸であることを知らなかったのか。

それはないんじゃないですか、というのが私の感想です。

すっ裸でいる王様が、自分の裸に気づかないわけはないでしょう。王様にだって目はあるはずです。鏡もある。手で自分の体をさわってみれば、衣服を着ていないことは当然わかる。

裸でいる王様に、まわりは何というのか。

「王様は美しい服を着ておられます。恰好いいですよ」

とか、

「ご立派な衣裳で、とても威厳がございます。民《たみ》どもも感服するでしょう」

などと言うのか。そんなはずはないと思います。

仮にそんなウソに囲まれていて、自分が裸であることに気づかない王様なんているだろうか。

この話は、裸ということを通して、その王様が自分の権威や権力、民衆の気持ちなどを正確につかんでいない、ということを裸で象徴している。それはわかります。絶対の権力は絶対に腐敗する。それを錯覚して、自分に民衆の支持があると思い込んでいた権力者の失墜を笑う話ですから。

しかし、私はひそかに、

「王様は自分が裸であることを知っていたのではないか」

と、思ったりもするのです。権力者というのは、意外にクールなものなのです。

「裸の王様」は、自分が裸であることを知っていた。そして、そんな自分を世辞追従でたぶらかそうとする周囲のたくらみにも気づいていたのではないか。

「裸の王様」が、もし自分が裸であることに、とっくに気づいていたとしたら？

王様には王様のたくらみがあったのではないか、と考えるのです。

王国の財政も破綻に瀕《ひん》している。

軍事力もおとろえた。

後継者もいない。

民衆は自分に見切りをつけている。

自分の周囲には、次の権力を狙う佞臣《ねいしん》たちが跋扈《ばっこ》して、自分の目をくらまそうとやっきになっている。真実や正しい情報は自分のところには上がってこない。

そんな状況を冷静に把握した王様はどうするか。王様は「身を捨ててこそ浮かぶ瀬もあれ」と、一発逆転の策を選んだ。

裸でパレードする。集まってきた民衆は口アングリ。

「あれ、王様は裸じゃないか」

ひそひそ話が嘲笑に変わり、「王様は裸だ！」の合唱がまきおこるのは時間の問題です。そして王様の権威と権力は一挙に地におちる。場合によってはリンチに遭《あ》うかもしれない。

しかし、民衆は裸の王様を批判するだけではありません。裸の王様をかついで自分たちが権力を動かそうとしてきた周囲の連中をも同時に嘲笑、批判するはずです。同じ穴のムジナ、とは、こういう連中をいうのでしょう。

裸の王様はそこを逆手にとって、自爆の道を選んだのではないか。自分も王位を捨てる。そのかわり、自分にかわって権力をにぎろうという連中も一緒に引きずりおろす。

民衆から見れば裸の王様もひどいけど、王様にそんな恰好をさせて、それを黙ってほうっておく周囲の腹黒も許せない。

王様は諦めたのだと思うのです。そしてまわりを道づれにして、政権を投げだしたのではあるまいか。

お世辞をいって、相手をいい気持ちにして、うまくいったぞとほくそ笑んでいると、大変なことになりかねませんよ、というのが、この話のキモだと思います。

おいしいお世辞を言われて、腹を立てるようでは人物が小さい。それを喜んで聞き、同時にそのお世辞を心の中でわらうような、そんなキャラクターこそ興味ぶかいような気がしてなりません。

お世辞は大歓迎。されど、それを醒《さ》めた心でうけとめる。世辞の道も、また難《かた》きかな、です。

第三章　ボケの効用

●老いるからこそ、見えてくるものがある

老いは誰にでもやってくるものですが、ボケるということについて言えば、ボケの効用というものがあるような気がします。

ボケの効用とは何か。老眼と同じで、ボケると、ものごとがぼんやり見えてくる。記憶がぼんやりしてくる。それから、相手の提案したことに対して、漠然としか理解できなくなってくる。

それはたとえて言えば、〈人が生きている中で、一番大事なことだけを見ていこうとする自然の働きではないか〉という気がするのです。

写真の技術にフォーカス、つまり対象に焦点《ピント》を合わせるというテクニックがあります。

デジタルカメラは遠近感がないとか、どこか軽く見られるというのは、フォーカスする部分がないからだという説もある。

そもそも何のためにフォーカスするかというと、メリハリをつけるためなのです。手前に一輪のタンポポの花がある。そのタンポポの花をピシッととらえたいときには花の部分をフォーカスさせて、そこに焦点を合わせることで後ろが少しボケてきて、真ん中の花がくっきりと浮かび上がってくるわけです。

それと同じように、人間のボケというのは、ある意味でのフォーカスではないかという気がしているのです。

フォーカスの技術というのは、背景のものから手前まで、あるいは画面の四辺のすみずみまでクリアに写るデジタルの広角のレンズに比べると、非常に高度な、人間的なテクニックです。

よほど大事なことがあって、そのことだけは自分で確実に把握しておきたい、最重要案件だけをしっかりと見定めたい。そんなときは大切なことだけをフォーカスしたほうが、かえって焦点が定まるというものでしょう。

もしかしたら、ボケるという言葉自体の印象が悪いのかもしれません。

「あの人はフォーカスが上手だ」とか「なかなかフォーカスのテクニックがある」と

いうふうに言ってあげたらいいかもしれない。

よく言われる「耳が遠くなって都合の悪いことは聞こえない」とか、「お世辞は聞こえるけれども、批判は聞こえない」などというのと、これは同じ意味なのです。

このことは生きていくうえでの一つの知恵ではないでしょうか。自分に必要なものはきちんと聞こえるけれど、嫌なものは聞こえない。それと一緒で、ボケることにもそれなりの効用があると私は思います。

ひょっとしたらボケた本人は、まわりのことを少しぼかして、日常の些事《さじ》というものは適当にやりすごしているのかもしれない。

「今日、ご飯を食べていない」と何度も言い張る人がいるかと思うと、中にはお風呂に入るのが好きな方がいて、さっき入ったのに、入っていないと主張して、もういっぺん入る人がいる。一日に五度も六度も入浴するとなると、世話をなさる方は、そのつど大変なことだと思います。

けれど私は、ボケるというのは人間が衰えていく過程とばかりは感じないのです。そこに何か一つの真実があるのかもしれない。老いていくからこそ、見えてくるものがあるのではないか。

昔の集落の中で、年配者を長老として大事にしていたのは、老いていく人間だけに見えるような真実があるということをわかっていて、それをまわりも期待していたからではないかと思います。

●年を取れば大胆になれる。恐いものがなくなる

年を取ってくると、他にたとえばどういう効用があるか。

仮に自分が戦争中に青年期をすごした人間で、当時の体制に対して批判的な立場にあったとします。すると、治安維持法でつかまって裁判にかけられたり、あるいは思想犯として刑務所に長い間つながれたりする。

二十代の青年だからこそ、そういうことにも勇敢に飛び込んでいく人もいるかもしれませんが、やはり普通に考えると、そうやって一生を棒にふるのは抵抗があります。

でも八十を過ぎると、〈刑務所に入ってもたかが知れているだろう、残りの人生はもういいのではないか〉という気がして、かえって正直なことを大きな声で言うかもしれない。年を取っている人間のわがままさ、老いによる勇気、そういうものが出てくるかもしれないと思います。

つまりこれから先、人生が長く、将来に向けて開かれているという人は、言いたくても言えないことというのがあるわけです。

けれどかなりの年齢を重ねている人間にとっては、ある意味ではその先は余生ですから、その時間を必ずしも平和のうちにまっとうしなくてもかまわないという気持ちも出てくるはずです。

年を取って八十歳を過ぎれば、やけくそというのではなく、そうとう大胆になれるのではないかという気がしています。

勇気や情熱などというのは、若い青年だけにあるものではない。つまり、いろいろなことが恐くなくなる。年を取ると捨て鉢になるわけではないけれど、ある種のニヒリズムができてきて、そういう意識の中で正直に生きられる、ということがあるような気がするのです。

年を取って勲章を欲しがっている人もいますが、その一方で名誉とか、むりやり金を儲けようとか、競争心とか、そういう気がどんどん薄らいでくるのもたしかなのです。

これは亡くなった井上《いのうえ》ひさしさんが言っていたことですが、自分たちの仲間の本が出たときに、「これはいい本だから、たくさん売れるといいな、と思うようになってはおしまいだ」というのです。

「同業者としては、これは売れてほしくないと思うのが作家だ」と。

けれどもひょっとして年を取ったら〈これはいい本だからどんどん売れてほしい〉と、思うのかもしれないという気もします。

表現者や芸術家、あるいは画家にしろ音楽家にしろ、ライバルに対する競争心や嫉妬心、そういうものがなくなったら現役としておしまいだと言われますが、年を取ると、そういうものから解放される時期があるのかもしれません。

もちろん、いつまでもそういう生臭い、名誉とか権力とかにあくせくすることがエネルギーになっている人もいると思います。でも、そうではない人も、本当にたくさんいるのです。

前に、『求めない』という加島祥造《かじましょうぞう》さんのユニークな本が大変話題になったことがありました。若い人がたくさん読んでいたようですが、あまり若いうちから「求めない」というのはちょっと問題かもしれません。「求めない」というのはある程度、年齢を重ねた人間の特権だろうと思います。

人は老いてますます自由になって、それまで背中にいっぱい背負ってきたものから解放されていくといいと思います。

老いは本当に、人によりけりです。なかなか老いることのできない人もいるし、若々しくいようと思っても老いてしまう人もいる。百人百様なのです。

老いというものを悪としてとらえて、それを嫌悪し、絶対的に克服しようとする考え方と違う視点はないものかと、私はずっと考えてきました。

そして、それはありそうな気がするのです。

●「もの忘れ」があるからこそ、新しいことが頭に入る

老いというテーマでいつも問題になる「もの忘れ」も、マイナスとばかり考えなくてもいいのではないでしょうか。

人は皆、老いた頭の中で、自分の中で何が重要かということを選択しているのだろうと思います。その上で「これは忘れてもいいのではないか」と判断している。

人間の知識の許容量というのは無限だといいますが、やはり多少は、有限なのではないか。

私の高校のときの世界史の先生は実によく、年号とか固有名詞がスラスラといつも出てくる人でしたが、それは何十年と同じ話をしていたからだと思うのです。

人間の記憶の脳の量というのはだいたい限界があって、通常は風船のようにパンパンになっている。そこに新しい知識が入るときは、その分押し出されて消えるものも多いのではないか。

だから「ＡＫＢ48」とか余計なことを覚えると、ヘーゲルなどの名前が一つ分押し出されて消えてしまう。それがもの忘れということかもしれない。

新しい知識をどんどん入れる人は、忘れ方もひどいのかもしれません。その世界史の先生は、新しい知識などは一切入れないのです。だからいつも古い知識は完全に保たれている。

しかしそこへ、いまでいう「再臨界」とか「プルサーマル」などという新しい言葉を入れるとすると、どうしても押し出されていくものがあるのです。「高峰三枝子《たかみねみえこ》の主演映画、何だったたっけな」というように、昔のことが押し出されていってしまう。

新しい知識をどんどん入れている人の脳は、小川のようなもので、出ていくものも多いし、入るものも多い。新しい知識を絶対入れない人は、古い沼のように水の増減はないけれども淀《よど》んでいくのではないかと、私は思っているのです。

どちらがいいかというと、どんどん忘れて、どんどん覚えるほうがいいのではないか。

この私でも一日に、これまでに聞いたことのない言葉を五つは記憶に入れます。普段の話の中で、人の名前などで「それは何?」というようなものがあります。やはり七十過ぎて、たとえばジャニーズの「嵐」のメンバーを順番に言えと言われて、それを覚えてしまうと、その代わりに出ていくものはあるはずです。

今度の原発の問題では、知らない言葉がずらりと出てきました。これだけ新しい言葉を覚えれば、出ていくものも相当あるのではないか。

そういうふうに考えていくと、もの忘れの激しい人は、気がつかないうちに新しい言葉をどんどん耳に挟《はさ》んで記憶にとどめている人、といえないこともない。そのために古いものが押し出されていくのだから、それは健康な状態だと言えるのではないでしょうか。

記憶は無限だといいますが、記憶の容量はたとえ無限であっても、それを引き出す能力というのには、やはり限界があるような気がします。

知らない人と口をきいたり名刺をもらったりするように、新聞などを読んでいると、初めて出会う言葉がいっぱいあります。

たとえば「前回の芥川賞作家の西村賢太《にしむらけんた》さんという人で、受賞作は『苦役列車』」

と覚えるとします。そういうふうに一つの名前が入ってくると、古い作家の名前を一人分忘れる。ですから自然と昔の芥川賞の受賞作家は頭の中から消えていきます。けれど、その人の名前を出して何度も話をしていますと、忘れずに覚え込んだままでいられる。

韓流ドラマの主演俳優の名前などが頭に入ってくると、古い日本の映画女優の名前などは出て行きます。しかし、ずっと淀んだ池のように古い知識だけをオウム返しに言っているよりは、少しずつでもいいから新しいことを覚えていったほうがいい。

講演などをしていて、いろいろなところで話す機会があります。その人たちとは、一生に一度しか会わないわけです。その人たちが聞きたがっている話をするとなると、やはりどうしても同じような話になる。

しかし、あとから録音したものを聴いてみると、以前の話とは明らかに変わっているのです。何かというと、やはり新しいことが入ってきている。

原発事故の前と後では、聞くほうの心の準備というものも違っている。たとえば養生というテーマで、「明日死ぬとわかっていてもやるのが養生」だという話をしても、原発事故の以前だとリアリティがないのです。
ところが、いまだと、想定外ということは起こるのだと、みんな考えるのです。

●「明日をも知れぬ」という思い

無常ということを考えることがよくあります。

日本の無常観というものは、文学的情緒とか、仏教の終末意識とか、そういうところから出てくるだけではなく、大地震とか大災害とか津波とか、そうしたひどい災害を繰り返し受けてきているところから発しているのではないかと思います。

平成二二年度の日本における年間の自殺者は、公式な発表だけで三万一六九〇人で、どう考えても実質的には四万人は下らない。自殺者が年間三万人を超える年がもう一二年もつづいているわけです。一日あたりに換算すると八七人です。

そのことを考えると、今度の災害は千年に一度の大災害といわれますが、毎年、自殺している人たちは、東日本大震災の死者・行方不明者の倍ほどもいるということになる。毎年、あの大津波が二度ぐらい襲ってきている計算になるわけです。

平成一〇年になって、日本では一気に前年より八〇〇〇人も多い人たちが自ら命を絶ち、その後三万人以上の自殺者がいまに至るまでつづいている。この「見えない大災害」の死者は、とてつもない数字といっていいでしょう。

日本の交通事故死者数は、平成二一年に四〇〇〇人台に減り、これは昭和二七年以来五七年ぶりの低い数字だそうです。一日当たりでは十三人ほどで、日本では交通事故死者の六倍以上の人間が自殺で死んでいることになります。

また、殺人事件は昭和三〇年に年間三五〇〇件もありましたが、平成二一年には一〇九四件に減り、殺人事件の被害者は一日当たり三人以下だそうです。

ベトナム戦争の米軍の死者数が十数年で六万数千といいます。日本は、この平和の時代で、二年間で七万の人が自ら命を落としている。十年で三五万人です。

これはあくまでも公式に発表された数字でしかありません。たとえばこういうケースがあると聞いています。

地方では、住民と地元のお医者さんとのつきあいが深いので、「先生、自殺ではちょっと体裁が悪いから」と遺族が頼むと、「わかった」と言って、心不全とかの診断書を書いてくれたりする。ガス自殺があった場合では、きちんと遺書が残っていて、家族がそれを公表することをいとわない場合には自殺扱いにできるけれど、普通はガス事故として処理されるのです。

それからアメリカなどでかなりあるそうですが、高速道路を逆走して、車をぶつけて死ぬ人がいます。これは明らかな自殺ですが、これも全部交通事故として扱われます。

私の知人でも、自殺しようと思って、高速道路を二〇〇キロですっ飛ばしたけれども死ねなかったという人がいます。

その人はたまたま死にませんでしたけど、そういうことも正確にカウントしていくと、実際の数は三万数千人などというものではないでしょう。

人間の死というものは、もともと、それを看取《みと》る近親者とか、まわりの人たちに、「こういうふうにして、あんなに元気だった人が萎《な》えていくのだな」ということを目に見える形で認知させるものでした。そしてそのあとに死がやってくる。

昔は臨終のときは家族、近親が集まって死に水を取るとか、あるいは遺言を聞くとか、今際《いまわ》の瞬間というものを目撃したものでした。

私も母親が息を引き取るときは子ども心なりに見ていましたけれど、それは死というものを現実のものとして受け止める瞬間だったのです。

ところが、いまは心電図で、「ハイ心臓が止まりました」と医者が告げるだけ。だから死の実感というものがないのでしょう。

自分が実際に命を終えるときに、納得して「ああ、いい人生だった」と言って死ねるかどうか。だいたいそのときはすでに意識は混濁しているような気がするのです。うわごとみたいに、「ああ、嫌だ、もっと生きたい」などと言うかもしれないし、実際には何を言っているのかわからないかもしれない。

いまの延命治療というのは、本人の意識がなくなっても、科学的、機械的に、いくらでも延命できるわけです。人工呼吸器をつけて、胃瘻《いろう》にして、心臓を動かしている限り、人間は生きつづけることができるそうです。こういう状態をどう考えるか、難しいところです。

「明日をも知れぬ」という言葉が、いまくらい実感をもって感じられる時代はないのではないでしょうか。

●老いイコール悪ではない

老いていくということは、物理的に苦痛が伴うということなのです。たとえば体の各部分の筋肉が衰えたりして油が切れたような感覚になってしまい、ちょっとギクシャクする。各部分の運動を維持するためには、それなりの努力が必要なのです。

私が老いを自覚するのは、たとえばこんなときです。

一円を落としたときなどに、拾おうか拾うまいか、すごく悩む。一円だから、まあいいかと思い、いや、「一円を笑う者は一円に泣く」などということを子どものころに教わったと思うと、また悩んでしまう。

腰痛を抱えている身としては、しゃがむこと、腰を曲げて床に落ちているものを拾うというのが、大変なのです。そういうときには、腰を曲げるのではなく、膝を曲げてしゃがむしかない。そして、これはこれで大変なのです。

字を見る場合も、いちいち老眼鏡を出さなくてはいけないのがすごく面倒くさい。

以前、直木賞の選考会で、かなりご高齢の委員の方がいらっしゃいました。その方は耳も遠くて、補聴器をつけていたのです。何か発言のときに突然キーンと音がしたりするらしくて、こちらがしゃべっているときに、ものすごく顔をしかめたりしていました。

おそらく補聴器の具合がよくなくて、雑音とかいろいろなものが入ってきていたのだと思うのです。それで補聴器を外《はず》されるのですが、そうすると聞こえないから、「えっ」と聞き返されるのです。そうすると、また同じことを大きな声で言わなければいけない。「いやー、大変だな」と思ったことがありました。

そういう身体的な不具合というのは、人間が生活していくうえでは、たしかに大きいことです。しかしまた、「老いの効用」というものもあるのだということを、私たちは自覚する必要があるのかもしれません。

現代は、老いというのがイコール悪と受け取られているのではないでしょうか。

アンチ・エイジングと称して、どうすれば老いずに若々しくいられるかということを教える本がたくさん出ている。たとえば年を取ってもおしゃれに気を使って、こんな服をこういうふうに着ると若々しく見えるとか、背筋を伸ばしてシャンと歩けとか、いろいろなことが書かれています。

しかし、無理することはないのではないか。つまり老いというものを、マイナス要素としてとらえる必要はないように思うのです。

人を年齢によってクラス化する、というと変ですが、若い人もいる、中年の人もいる。壮年の人も、初老の人も、高齢者もいる。それぞれに存在理由がある。そういうふうに考えていくと、〈老いに屈服する〉という考え方から解放され、もっと自由に生きることができるようになるのかもしれません。

第四章　ホラの効用

●ホラを吹く人、大風呂敷《おおぶろしき》を広げる人

考えてみますと、大ボラを吹くのは、どちらかといえば南方系の人間のような気がするのですが、どうでしょうか。

私は九州の出身ですから、その辺はよくわかる。十五センチぐらいの魚を釣って、

「こげん太《ふと》か魚ば釣ったばい」

と、両手を一メートルほどひろげてみせる。聞いているほうも、適当に調子を合わせる。

「この川に、そんな魚はおらんじゃろう。正確には何センチやったか、正直に言うてみろ」

などと水をさすようなことはしません。

「またこん男は大ボラば吹いて」

と、笑いとばしてしまう。

それで座が盛り上がれば、いいのです。

夢野久作《ゆめのきゅうさく》というのは、福岡出身のじつにユニークな小説家でした。これはもちろんペンネームです。

三年寝太郎ではありませんが、いつもボーッとして、とりとめのないことをぶつぶつ言っている。そんな現実ばなれした人間のことを、福岡のほうでは、

「夢野久作どんのごたる男ばい」

などと言っていたらしい。いいかげんな話をするだけではなく、夢か現実かさだかでないような話をする男、というイメージもあります。

「あの家の次男坊は、ほんなこつ夢野久作どんのごたるね。あれじゃ親も大変ばい」

などと言うわけです。

いずれにせよ、細部の正確さは、この際、問題ではないのです。話がおもしろいか、おもしろくないかが、基準になるわけですから。

四国も、どちらかといえば、その系列に属するのかもしれません。

高知の「ヨサコイ節」などを聞いても、思わず吹きだしたくなってくる。大ボラ吹

きの風土ですね。坂本龍馬なども、どちらかといえば、そのタイプでしょう。

私自身の中にも、ホラ吹きの血が流れているようです。なにしろ九州人で血液型Bタイプですから。

いわゆるサービス精神といいますか、そこからいろんなエンターテイナーが出てくる。つまらない話よりも、おもしろいホラのほうを評価するという風土は、たしかにあるような気がするのです。

考えてみますと、花田清輝《はなだきよてる》などという変わった批評家も、福岡出身です。たしかオッペケペ節で明治の人気者だった川上音二郎《かわかみおとじろう》も、博多の人でした。

「ホラ吹き」というのと似た表現ですが、「大風呂敷」という言葉があります。最近ではほとんど聞くことがなくなりました。

これは「大風呂敷を広げる」、というように使います。

「ホラ吹き」とは、ちょっとニュアンスがちがう。どちらかといえば、実現可能な話を、五倍、十倍にして語るという感じです。

「ホラ」というのは、奇想天外でもいいのです。いや、そうでなければおもしろくない。「大風呂敷を広げる」人には、政治家、実業家といった職業のプロが多い。これに対して「ホラ吹き」は定職がないというか、あまり具体的な話をテーマにすることが少ないのではないでしょうか。

明治維新の頃には、「大風呂敷を広げる」人たちが大活躍しました。

のちにその系譜はアジア浪人、大陸浪人といわれる東洋浪漫派の人脈に流れこみます。五族共和とか、大東亜共栄圏とか、そのアイデアは、現実性がある。理想としても評価できます。

しかし、そのプロセスに具体性がないのが問題だった。

私の父親は、しがない下級公務員でしたが、石原莞爾《いしわらかんじ》の東亜連盟に共感をいだき、その周辺の人と個人的につきあっていました。

小倉師範学校時代から剣道部で少し名の知られた剣士の端《はし》くれだったし、川筋会《かわすじかい》という会にも接触していた男でしたから、どこかに「大風呂敷を広げる」傾向があったのでしょう。

平田篤胤《ひらたあつたね》をよく読んでいたようですから、多分にその影響をうけていたのかもしれません。

この平田篤胤という人は、江戸後期の国学者です。いわゆる復古神道を体系化したと評されますが、国学者として尊皇派にも影響をあたえました。

しかし、平田篤胤のユニークなところは、ある意味でスピリチュアルな世界に独特のかかわり方をした点にあります。

キリスト教などもよく勉強していた、という説もありますが、霊能者、超常的世界に接点をもっていたところがおもしろいのです。

この人などは、「大風呂敷」ではなく、むしろ知的な「ホラ吹き」に属するのかもしれません。しかし、ご本人が、その世界をかたく信じていたことを思えば、単なる「ホラ」ともいえないのです。

●おもしろくて、ありがたくなければ、ホラではない

「真実」は良くて、「ホラ」は悪い。

世間では、そう言われているし、また、そう思われているはずです。

しかし、「おもしろさ」というのは、真実よりも大事なことだと思うこともあります。なぜかといえば、人は心の中で「本当のこと」を、無意識に感じているからです。

「本当はこうなんだよ」

と、得々と語る人は、相手のそんな心の動きには関心はないのです。「痛い真実」というのは、相手はすでにひしひしと感じているのです。

この世は「浮き世」であるとともに、「憂《う》き世」です。

「不語似無憂——語ラザレバ憂ヒ無キニ似タリ」

というのは、無言の真実に押しつぶされそうになる人の心を、よく表わすフレーズでしょう。

せめて憂き世をおもしろく、というのは、「苦の世界」に生きる人間の素直な願望ではないでしょうか。

真実は私たちの周囲にみちみちています。そこから目をそらそうというわけではありません。人は自分をとりまく真実が重ければ重いほど、そこに一陣の涼風のように吹きこむ愉快な時間を求めるものなのです。

もちろん「ホラ」にも、いろいろあるでしょう。なかでも私が苦手なのは、自慢の「ホラ」です。もちろん、人は自慢をしたがる動物です。ですが、罪のない自慢は、まあいいが、聞いているうちに腹立たしくなってくるような自慢ばなしもあるのです。

それは、ここで私が言う「ホラ」ではありません。「ホラ」の最低必要条件は、それが「おもしろい」ことです。聞くほうのフラストレーションが一気に解放されるような「おもしろさ」がなくてはならないのです。

また「罪のないホラ」である必要もあります。「ホラ」に目的があってはいけないのです。

その場かぎり、利害とかかわりあいのない「ホラ」こそ、本当の法螺《ほうら》でしょう。考えてみると、いわゆる「お説法《せっぽう》」というのも、上質な「ホラ」の一種かもしれません。極楽浄土の話も、地獄話も、実際にはだれも行ったことのない話なのです。

古来、宗教は人びとに「真実のホラ」を語りつづけてきました。それを聞く人びとは感動し、信仰にみちびかれます。「おもしろさ」とともに「ホラ」には「ありがたさ」が必要なのかもしれません。

地獄、極楽というイメージが、庶民大衆のあいだに定着したのは、平安時代ではないかと思います。

もちろん、極楽とか地獄とかいう世界への関心は、それ以前からありました。しかし、世間の人びとの頭に、具体的な絵図として登場するには、しばらく時間がかかります。

そこに登場したのが、平安時代の源信《げんしん》という人物です。

著作に『一乗要決《いちじょうようけつ》』などがありますが、なんといっても源信の名を高めたのは、『往生要集《おうじょうようしゅう》』です。

その中に地獄、極楽の目に見えるような描写があります。

そこに描かれた地獄の諸相は、人びとを戦慄《せんりつ》させました。そして寺では壁に地獄絵が描かれ、僧侶が竹の棒をもって絵をさし示しながら、地獄の恐ろしさを物語る。

大道芸人は、地獄図絵巻をひろげて、集まる見物人に見てきたような話をする。大人でも恐ろしかったでしょうから、もし子供がその場にいたら一生消えない地獄のイメージが焼きつけられたにちがいありません。

これをホラと言ってしまえば叱られそうです。しかし、自分で見たわけではない。死んで帰ってきた人はいないのです。

見たこともない世界をリアルに物語るのは、やはりホラの一種といっていい。そして大事なことは、人びとがそのようなホラ話を真剣に求めたということ。死後の世界というのが、リアルな明日の姿として求められた時代でした。

いま、核の事故に関して、さまざまな議論がくりひろげられています。どの意見も、一理あるように思われる。しかし、放射能は見えない世界です。その影響も、「ただちに」と「ゆっくり」との二つの時相を揺れ動いています。ここはホラ話ではなく、真実に少しでも近い発言を期待したいもの。

「許されるホラ」もあり、「許されないホラ」もある。「おもしろい」とか、「おもしろくない」とかという主題ではありません。「ホラ」も時に応じて、ということでしようか。

●「共感疲労」に陥《おちい》らないための「ホラ」話

高度成長とバブルの崩壊以後、この国をおおう空気は、ひとことでいうなら「鬱《うつ》」の空気でしょう。

くわえて未曾有《みぞう》の大災害が東日本を襲いました。その後につづく放射能汚染問題は、列島全体をゆるがせています。

東京の夜も暗い。節電と自粛ムードの中で、人びとの表情にもどことなく疲労の影が濃く感じられます。

国民全体が鬱にとりつかれたような気配です。

最近、目にした言葉で、

「共感疲労」

というものがありました。

人はおのずから他人の運命に共感共苦するものです。

苦しんでいる人、悲しみにくれている人の姿をみると、おのずとこちらの心も痛みを感じます。人間的な心は、自然とそのように動くものです。

東日本のニュースを見て涙する。さまざまな報道や写真を目にして、自分の体にも痛みを感じる。おのずと悲しみにひたされ、涙がにじむ。

それが数カ月も続くと、人の心も萎《な》えてきます。その共感が真実のものであればあるほど、心が痛むのです。

金属に「金属疲労」というものがあるように、人の心にも金属疲労が起こるのです。

そして病気でもないのに体調がすぐれず、終日、ずっと心が閉ざされていく。

これが「共感疲労」といわれる症状です。

それが人間的な素直な共感から発しているだけに、それを病気とか、単なる鬱状態とよぶことはできません。

人間的な心の優しい人ほど、そんな症状におちいり、そのことで苦しむことになるのです。

明るい「ホラ」話や、愉快な「ホラ」は、そんな状態の中におちこんでいる社会への一つの救いではないでしょうか。

アウシュビッツの収容者たちが、極限状態の中で、「一日に一つの笑い話を披露しあおう」と決めて、無理やりひねりだしたジョークで力なく笑う話があって印象的でした。

「大法螺《だいほうら》を吹く」というのも、仏教の一つの知恵と慈悲の表現かもしれません。よき「ホラ吹き」になることも、また難《かた》きかな、とつくづく思います。

●誤解されている「ホラを吹く」という行為

ホラというと「ホラ吹き男爵」とかを思い浮かべます。「あいつはホラ吹きだからな」と言うと、何となく人をばかにしたような、蔑《さげす》むようなイメージもある。

しかし、本来、「ホラを吹く」という言葉は、仏教の用語です。仏教用語の中で

「法螺《ほら》を吹く」というのは、非常に大事な、重要なこととして扱われているのです。

ホラ貝は山鹿《やまが》流の陣太鼓などと一緒に、合戦で退却や進軍のときに吹かれるイメージが大きいと思います。しかしそもそも、インドで人々を集めて仏教の話をする、仏の教えを人に語るときに、その合図としてホラ貝を吹き鳴らしたといわれています。そのことから次第に言葉が転じていって、「ホラを吹く」ということは、すなわち仏教の教えを語ることに転じていく。

ですから法華経《ほけきょう》の中などでも、日蓮《にちれん》は大《だい》ホウラを吹くということは大事なこととして語っている。ホウラを吹くということは、小馬鹿にしたような言い方ではなくて、とても神聖で、かつ重大な儀式であったということがわかります。

鎌田東二《かまたとうじ》さんが『神と仏の出逢う国』という著書の中で、ホラ貝について歴史的にこんなふうに考証しています。

「法螺《ほら》貝は日本では紀伊半島より西南の地域で採れる。日本だけでなく、インド、タイ、チベット、インドネシア、ハワイ、サモア、ホンジュラス、コスタリカなどの伝統的な宗教儀式の中で用いられている。とりわけ、仏教の生まれた国インドでは、宇宙を維持するとされるヴィシュヌ神の持ち物となっている。と、いうことは、ヴィシユヌの神さまはホラ吹きの神さまということになる。（略）そもそも、日本でもっとも重要視されている大乗仏教経典である『法華経』には、法螺貝のことが六ケ所に記載され、法華経という真理の経典を全世界に響き渡らせることを、『大法螺を吹く』（「吹大法螺」）と形容している」

実際にホラ貝を吹くときは「六道《ろくどう》」などのいろいろな演奏の方式があり、楽曲のナンバーもあり、そのときそのときの用途に応じて吹くそうです。

たとえば人を葬送するときの軍隊の軍隊ラッパにも、葬送曲というのがあります。昔、『地上《ここ》より永遠《とわ》に』という有名な映画で、兵営の中でその葬送のラッパを吹き鳴らすシーンがあって、とても印象的でした。

ホウラというのは、本来はそれと同じような、非常にまじめな行ないで、仏の教えを人に語って聞かせるということから始まるのです。

マルティン・ルターがあるとき、自己宣伝がすぎるといって、批判されたことがあったらしい。

そのときにルターは教会の塔を指差して、「教会は日曜日の礼拝のために、キンコンカンと鐘を鳴らして人々を集める。神も鐘を必要とするではないか」と言い返したという話は有名です。同じように、ホラというのも教会の鐘と同じく聖なる教えを聞く一つの象徴というか合図でもあったわけです。

本来の意味からすると、「ホラを吹く」というのは大変いい行為とされてきました。その言葉が少しずつ変わってきて、「大ボラ吹き」などという蔑《さげす》むような言葉になってきた後でも、私はホラを吹く人たちに対しては一種の親愛感というか、親密感を感じて、とても気が楽なところがあります。

ホラを吹かないという人は、ものごとを誇大に言わない、あるいは非常に慎重にものごとに接する人です。そういう人はいつも謙虚で、自己宣伝をせずに、大きな夢を語らず、控えめに振る舞うのが常ですから、逆にこちらが気を使う。

そういう用心深い人に対しては、こちらもつい用心深くなってしまうのです。

●表現者はみんな「口舌《こうぜつ》の徒《と》」

人間というのは、相手の反応次第で、こちらも変わるものです。それで無邪気にホラを吹く人に対しては、「またホラを吹いている」と思いつつも、どこか心を許してしまい、リラックスできるところがあるようです。

ですから私は、ホラ吹きが嫌いではありません。それと同時に、ホラの中からアイデアが出てくることがある。大ボラというか、「風の力で電力が作れたらおもしろいな」などという変わったことを言っていた人がかつていたのかもしれない。

そういう常識の枠を破ったようなアイデアというのは、ひょっとしたらホラを吹いている中から生まれるのかもしれません。

私自身も「将来はこういうふうにして、こういうふうにやろうと思っているんですよ」などとホラを言っているうちに、それが実現することがしばしばあります。

『青春の門』という小説を書いたときに、最初は筑豊《ちくほう》篇の一巻だけで終わるつもりだった。かつては福岡でも、筑豊というとちょっと敬遠されるような雰囲気があったのです。中元寺川《ちゆうげんじ》という川がありますが、川面《かわも》が石炭の煤《すす》で真っ黒に汚れている。空には煤煙《ばいえん》の煙がたなびいている。見渡す限り黒いボタ山がそびえている。

子どものときに愛読した本に、坪田譲治《つぼたじようじ》の『子供の四季』というのがありました。兄弟がいろいろと浮き世の荒波の中で育っていくという微笑《ほほえ》ましい物語です。

私は筑豊のような、真っ黒なボタ山が乱立していて、炭住《たんじゆう》ではだしの子どもが遊んでいるというような労働者階級の世界にも、元気な子どもたちの世界があるのではないかと思いました。

そこで育つ子どもたちにとってみれば、夕焼けの空にそびえるボタ山とか、ボタが自然発火して山の中腹から出る白い煙がたなびく風景とか、真っ黒い川で泳ぎをした楽しみなどは、『子供の四季』に出てくるような世界なのではないかと思ったのです。

筑豊での『子供の四季』を書いてみたいというのが、『青春の門』の最初の発想でした。

当時の時代背景もあったかもしれませんが、その連載がとても好評で、いつのまにか「次は自立篇、その次は放浪篇……、そして将来は外国まで主人公が行って」などと、何か興《きょう》に乗って大ボラを吹いているうちに、どんどん話が進んでしまい、いまちょうど七部目の文庫ができました。この分では十二部までいきそうです。

「ホラを吹く」ということは、用心深く守っている自分という世界から、自分を解放してリラックスする効用があるような気がするのです。

相手の人間の態度というのは、こちらにも感染するものです。ガードを固めて用心深く構えられると、こちらもガードを固めて用心してしまうし、向こうが何かいい加減なホラを吹いていると、ホラに対してはこちらもホラを吹き返すという感じになります。

その背景には、しょせん人生は一時の歓談の喜びだという、ある種のニヒリズムがあるのかもしれません。

ホラを吹きあうことは、おもしろいことを語り合って、秋の夜なら秋の夜、夏の朝なら夏の朝のいっときを、楽しい空想を自由に交換し合いながら過ごせるという楽しみがあると思うのです。

自由な話をしあってうれしいという、無上な喜びというものがそこにあります。

「ホラを吹く」というのは、言い換えれば想像力の解放行為なのです。ホラを吹く人はみんなからホラ吹きと言われたとしても、けっこうそれなりに好かれるのではないでしょうか。「あいつは口ばっかりだよ」と言われたとしてもです。

口舌《こうぜつ》の徒《と》という言葉がありますが、昔から表現者というのは、みんな口舌の徒ではありませんか。

惜《お》しくも故人となられた岡本太郎さんなどは自作について、「ピカソなんかもうだめだよ。俺がピカソなんだ」と、ものすごいことを言っておられましたが、私はそんな岡本さんをとても好きでした。

『岡本太郎著作集』が出たときに、何巻目かの解説を書いてくれと出版社のほうから話があって、どうしても忙しくてできないので、残念だなと思いながら断わったことがありました。

岡本さんは率直な人で、そのあとに会ったときにも開口一番、

「君、だめじゃないか。岡本太郎の解説を断わるようなやつは大物になれんぞ。五木

寛之は大したことない。俺の解説を断わるなんて、そんなバカなやつは世の中にいないぞ」

と言われた。

私は岡本さんに対しては、いまだに懐かしさと好感があって、岡本さんがホラ吹きというのではないけれど、アーティストにはそういうタイプもあっていいのかなというふうに思ったりします。

ホラ吹きはけっこう人に好かれる、というふうに思えば、それこそが最大の「ホラの効用」というものかもしれません。

第五章　おしゃべりの効用

●悟ることと、語ること

日本では「沈黙は金」とよく言われ、寡黙な人ほど信頼され、多弁な人、おしゃべりな人はどことなく軽く見られたり、軽蔑《けいべつ》されたりする傾向があるようです。

そのことについても、私は長年、疑問に思うところがありました。

釈迦は二十九歳で家を出て、数年間の山林修行に入りました。しかしその凄絶な山林修行の結果、このようにしてただ身体を苦しめても本当の悟《さと》りを得ることはできないことに、はっきりと気づきます。

そして山を下りる。

仲間の山林修行者たちからは「裏切り者」と言われながら、いまでいえばドロップアウトするのです。里へ来て、一説ではスジャータという娘から、ヨーグルトのような食べものをもらって、苦行で痛めた体を回復させます。それから菩提樹《ぼだいじゅ》の下に座って、心安らかに瞑想をする。そして間もなくして、悟りを開くことになるのです。

苦行の六年間を経《へ》たのちに、何ともいえないぐらいあっけない時間で、彼は悟りを得る。年齢でいうと、二十九歳で家を出て、三十五歳ぐらいで山を離れ、悟りを得たのは三十六、七歳ぐらいでしょうか。

そして、こう考えるのです。

「自分がここで悟りを開いて感知したものというのは非常に精密な、微妙なものであって、とても言葉で人に教えることはできないことである。もしも自分は悟りを得たなどということを人に言ったら、その人を迷わせたり怪《あや》しませたりするだけであろう。自分の心の中だけで、自分は真理を悟ったという喜びに身を浸《ひた》して、一人静かに暮らしていけばいいのであって、けっして人に伝えようとはしまい」

ところが梵天《ぼんてん》という神様が、それを人に語れというふうに勧めるのです。一度ならず三度も勧める。このことは「梵天勧請《かんじよう》」という有名なエピソードになっています。

「人に語らなければ真理は真理ではない、自分の中にしまっているだけでは真理は真理ではない」

と梵天は釈迦に言ったのです。

それで釈迦は人に語る気持ちになって、町のほうに歩み出たときに、かつて山林修行をともにした仲間たち、自分のことを裏切った者だと蔑視《べつし》している仲間たちとすれ違う。

そのとき、かつての苦行の仲間たちは、軽蔑の目で釈迦を見ます。

「あいつ、こんなところにうろうろしていやがったか。厳しい修行に耐えかねて脱落して、何をしてやがるんだ」

ところが、歩いてくる釈迦を見ていると、その物腰とか雰囲気の中に何ともいえない重々しさ、尊さを感じて立ち止まるのです。

それで、仲間たちが「何をしているのだ」と問うと、釈迦はここで一瞬躊躇《ちゆうちよ》して、「実は私は悟りを得たのだ」と言う。

周りの人間は、「何を言っているのだ」と笑ったりするのだけれど、釈迦の言葉に何ともいえない真実味といったものが漂《ただよ》っている。つまりオーラが出ていて、かつての仲間はそれを感じたのでしょう。

それで、「本当に悟りを得たのだったら、その話を自分たちにも語ってみろ」と言う。釈迦は、梵天に言われた、〈自分が知った悟りというものは、他人に伝えなければ何の役にも立たないものだ。自分だけで実り豊かな果実を取って、懐《ふところ》にしまい込んでいるだけでは役にも立たないではないか〉という言葉を思い出して、その道端で自分が悟ったことを語り出す。

それを聞いているうちに、そのことを一〇〇％理解できたかどうかはわかりませんが、釈迦の語っていることがとても大事な、真実の教えなのだということに、昔の仲間たちも気づき始めるのです。

その中の一人がそこにひざまずいて、「私を弟子にしてください。あなたは真実の悟りを開いた。私もそう感じている。それを私に教えてください」と言って、弟子になる。

そのあたりから彼の伝道生活が始まるのですが、そのとき釈迦はまだ三十代の後半でした。

ます。

●語りつづけて釈迦は人生を終えた

彼は八十歳のときに最後の旅に出ます。クシナガラというところで死ぬわけですが、自分のふるさとを目指したともいわれるし、最後の伝道布教の旅ともいわれています。

『大パリニッバーナ経』という経典に、その旅のことが語られています。『ブッダ最後の旅』という題名で翻訳されていますが、数人のお弟子さんを連れて、ガンジス川を渡ってずっと歩いて行って、人々に語る。それが八十歳のときです。

そしてクシナガラにさしかかる途中で、前日供養された被差別民の鍛冶屋《かじや》の子が出してくれた豚肉料理といわれていますが、それを口にする。そして、それにあたって食中毒を起こすのです。

釈迦は、一口食べたとき、「これはちょっと危ない」と感じながらも、つくってくれた人の気持ちを慮《おもんぱか》って、弟子たちには「食べるな」と言って、自分は食べるというのが感動させるところです。

カースト制度の中では、鍛冶屋は貧しい賤民、アウトサイダーであり、アウトカーストです。チュンダという鍛冶屋の子が、乏しい食糧の中から、供養したい一心で一生懸命につくりあげた料理を、彼は吐き出さない。

「これは危ない」と思いながらもきちんと食べて、弟子たちには「食べるな」と言うのです。

食べ終わったあと、すぐに腹痛が始まります。その集落を離れて、苦しみながら旅を続けるものの、クシナガラでついに倒れた。

そうしたときでも、釈迦がいるということを聞きつけて、「ぜひ教えを聞かせてください」と訪ねてくる男がいます。付き添っている弟子は、「何を言っているんだ。いまはそれどころではない。大変なんだ」と頭から断わろうとするのですが、釈迦は、言います。

「教えを求めて自分のところに来た人間を追い返すのはよくない。会おう」

苦しい息の中から、その男に対して一言二言大事なことを話し、そしてやがて倒れこむようなかたちで林の中で死んでしまうわけです。完全な行き倒れです。

釈迦は二十九歳で俗世間を捨て、出家したわけです。そして三十代の後半で悟りを開く。それから後の、八十歳で亡くなるまでの四十年以上の生涯というのは、雨季の歩行が困難なとき以外、ほとんどを伝道の中で生きている。

インドの雨季というのは、道路は決壊する、橋は落ちる、伝染病は流行する、盗賊は出る、さらにはいろいろな毒虫も動き回るという世界で、移動はきわめて困難です。その雨季のときだけ、修行する仲間たちが集まって共同生活を営み、瞑想したり、教えを語り合ったりする。それを「雨安居《うあんご》」といい、その場所を「サンガ」といいます。

聖徳太子は「篤《あつ》く三宝《さんぽう》を敬え」と言いましたが、その三宝とは、仏教の根本である「仏」、真理としての「法」、そして「僧」の三つをいい、「僧」というのは僧伽《そうぎゃ》のことで、仏教を学ぶ者たちが共同生活をする集団のことなのです。

日本では、三宝のうちの「僧」のことを、お寺さん、あるいはお坊さんというふうに受けとって、「お坊さんたちを大切にしろ」というふうに、誤解されることが多いのですが、「僧」は元来は僧伽です。

聖徳太子は、つまり「僧伽という、道を求める者たちの共同体を大切にせよ。一緒に道を求めている仲間を裏切ったり、そこを乱したりしてはいけない」ということを言っている。

わかりやすく言うと、三宝とは「仏の道」、「真実」、そして「仲間たちの集《つど》い」。この三つを大切にしようと言っているのです。

釈迦の生涯というのは、ほとんど伝道の中で生きていたと言えます。

自分が悟ったことを人々に語り聞かせて、伝えながら、その中で自分の道を求めていくのです。

つまり人に語るということは、一方的に自分が持っている品物を相手に与えるということではありません。相手から何か幼稚な質問を受けて、それに対してその場その場で、機《き》に応じて、わかりやすくたとえ話をしたり、あるいは学者相手だと難しい理論を述べたりしながら語るということです。

そうしているうちに、さらに自分の思いというものは深まっていくのです。

●聞く人、聞く状況によって、語る内容は変わってくる

私は講演する機会がしばしばありますが、講演に行く前あらかじめ考えている話と、話をし終わったときに自分が持っている考えとは、明らかに違っています。

私が人に語っているとき、人が退屈そうに聞いてあくびをしていれば、方向転換して、違うことをお話ししよう。あるいは一生懸命メモをしている人がいる。だったらもっと突っ込んだ話をしよう、ということになります。

盛んにうなずきながら聞いてくれている人がいる。あるいはお客さんたちがトイレにも行かずに、また後ろの人は外に出ようともせずに時間を超えても真剣に聞いている。あるときは、退屈そうにして早く終わらないかなというふうにもぞもぞしている。

それを見て、話は長くなったり短くなったり、話の中身も変わってくるのです。聞いている人の態度次第で、話は深くもなるし広くもなり、浅くもなるし狭くもなる。

人間というのは不思議なもので、話しているうちに、たとえばドストエフスキーの話をしていて、小林多喜二《こばやしたきじ》の『蟹工船《かにこうせん》』のことが思いうかび、そこから新たに生まれてくる考え方というのがあるのです。語っているうちに生まれてくる思想というものがある。

そして終わったあとは、そこから講演会の謝礼以外に何か大きなもの、自分の新しいものの考え方とかが得られたり、人を前にして語ったことで共同作業をしたという感じを持てるのです。

うなずきながら聞いてくれた人がいて、せせら笑いながらそれに反発する顔がある。そういう中から自分の考えていることが修正されたり深まったり、あるいは広くなっていったりと、話しながらもいろいろな体験をすることになります。

帰るときは自分の心の中のボストンバッグは、持って来たときの荷物より重くなっているという感じがするのです。

釈迦は、自分が得た悟りというものを、人に対してずっと語りつづけた人物でした。彼は自分一人でモノローグをやっていたわけではありません。人に対して語るということが大事なのです。

「対機説法《たいき》」と仏教の世界でいいますが、文字も知らないナイーブな人に対しては、わかりやすいように、たとえ話もよくしたでしょう。そして論争を仕掛けてくる学者に対しては、徹底的に論争をした。

それは親鸞でも同じことで、『教行信証《きょうぎょうしんしょう》』などという、理論的な、ものすごく難しい、全文漢文で書かれたような大作も書いている一方で、晩年には、鼻たれ小僧でも隣りのおばあちゃんでもわかるように、ひらがな、カタカナ交《ま》じりの和讃《わさん》も書いた。和讃というのはいわば流行歌で、そういう庶民にもわかるものをたくさん書いたのです。それを書く中で、親鸞は自分の思想を深めていった。

求道と伝道とを、二つに分ける人たちがいます。求道というのは非常に高い次元で行なう高貴な修行であるけれど、伝道というのは世俗的な行ないで、檀家を増やすためのもので別ものだ、というわけですが、他人《ひと》のため、自分のためという区別がなくなると、求道か伝道かという分け方はなくなってくるのではないでしょうか。

求道即伝道、伝道即求道となっていく。

そもそも禅宗のほうでは「自他一如《じたいちによ》」といって、自力《じりき》か他力《たりき》かというような機械的な分け方をしないのです。

自力も他力のうち、他力も自力のうちという考え方で、それはそれで、私は一理あると思います。

●思想とは基本的にオーラルなもの

そう考えていくと、語りかけるということがいかに大事なことか。

書くということも大事なことですが、それは自分へ向けての作業なのです。頭の中でそれを読む人を想像しながらの作業なので、そこで直接あくびをする人もいなければ、立ち上がって拍手をする人もいない。共同作業ではなくて、ある意味では孤独な作業なのです。

こういうふうに考えると、〈求めることと語ることというのは、実は一体なのだ、語ることの中で人は自分の思想を成熟させていくのだ〉という気がします。私は、基本的には思想というものはオーラルなものではないか、と思うところがあるのです。

釈迦は、教えを一行も書き残しませんでした。

『論語』も孔子が書いたのではありません。「師のたまわく」と言って、「孔子先生はこのようにおっしゃっていました」というふうに、弟子が後にまとめたものです。

イエスも『聖書』は一行も書いていません。

ソクラテスでさえも、弟子のプラトンの記憶によってソクラテスの思想というものが伝わっていったのです。

『古事記』にしても、稗田阿礼《ひえだのあれ》のような人がいて、その人が暗記していた物語を整理したものです。

●声にして話し、音に出して語るから、人に通じる

私たちはグーテンベルク以来、書物の価値観というものを非常に大切にするがゆえに、言葉になって一瞬のうちに消えていくものへの評価の仕方が少し低いのではない

でしょうか。

釈迦の教えは経典として伝えられたものではない。これははっきりしています。釈迦は生前言ったことを、特にアーナンダなどという記憶力抜群の弟子に覚えさせました。アーナンダは釈迦の一言一句を忘れずに聞いた後、それを夜中じゅうかかって丸暗記するという熱心な弟子でした。

釈迦の言葉を伝えるものとして、偈《げ》というものがあります。偈はポエム、歌です。お経も歌の形にして、「釈迦はこういうふうにおっしゃった」と記していったのです。

ひょっとしたら、ラップみたいなリズムがあったのかもしれない。きっと覚えやすい言葉、調子のいい言葉だったと思います。それを人々に語って聞かせた。

それが人々の間に伝えられ、やがてそれが百年、二百年経《た》ったあとに、言葉だけで残しておくよりは、きちんとそれを文章にしようという運動が始まったのです。そしていろいろな討議とか校閲を経た後に、経典というものが成立する。

そしてさらに何百年も後に、そうした釈迦の原始的な教えを記録したもののほかに、大乗《だいじょう》経典というものが生まれて、物語としていろいろな釈迦の説を述べたり、中国に渡って中国製のお経ができたりした。

そのようにして、いまのお経が完成するわけです。

釈迦の教えが最初は言葉として、口から耳へと何百年も伝えられてきていまあるのだということを、やはりわれわれは忘れてはいけない。口に出して言うということは、大事なことなのです。

「南無阿弥陀仏」という念仏は、ずっと前からありました。旧来の旧仏教は、顕密《けんみつ》仏教といいますが、そういう世界でも「南無阿弥陀仏」という念仏はあったし、念仏の修行もあった。

けれど、法然までの念仏というのは基本的に声に出さず、心の中で口ずさむものであって、観想《かんそう》念仏といわれるものが主流だったのです。

頭の中で御仏《みほとけ》の尊い姿をありありと細部にわたって思い描きつつ、極楽浄土の姿を繰《く》り返し繰り返しイメージする。

そして仏様の微笑《みしょう》、眉の形、髪の結い方、指の印字《いんじ》の結び方、つけているアクセサリーまでをまざまざとイメージしつつ、心の中で「南無阿弥陀仏」と唱えるというのが、念仏の正道《せいどう》、オーソドックスな念仏だったのです。

信仰者の中には、念仏を小さな声で、一人口ずさむという人もいたでしょう。しかし、法然はそれに対して口に出して高唱《こうしょう》すること、高らかに唱《しょう》する念仏ということを唱えたのです。「大きな声を出して『南無阿弥陀仏』と言え」と。

法然の弟子たちは、六字礼賛とか、法会《ほうえ》というようなパーティーを催《もよお》すときに、大声で念仏を唱えました。念仏にさまざまな節をつけて、高らかに歌いあげるわけです。

その中に安楽房遵西《あんらくぼうじゅんさい》という、美声で知られる人物がいました。この人は高音が得意で、人には出せないボーイソプラノ的な高音まで出して念仏を歌い上げる。

しかも遵西の特徴というのは、決まったメロディーを歌うだけではなくて、気持ちが高揚してくると即興的にその場でメロディーやリズムをつくりあげて歌う。そこに集まってくる人たちは陶然《とうぜん》として、体がしびれるようにその声に聞き入ったといいます。

遵西の念仏パーティーは、特に女性たちに人気だったようです。特にこれは深夜まで やりますから、夜中のコンサートみたいなものです。可能な限りの高音をものすごく張り上げて歌うので、そのためにしびれてしまう。

そして宮中の天皇が寵愛《ちょうあい》していた女官までが、天皇が熊野詣《くまのもうで》をしている間に遵西の念仏パーティーにこっそり参加する。あまりの感激のゆえに、その場で自分たちも尼《あま》になる決心をして仏門に入ってしまう。

そのことで天皇が激怒して、念仏を禁止させ、遵西は京都は鴨川《かもがわ》のほとり、六条《ろくじょう》河原《がわら》で首を切られてしまう。首を切られる間際《まぎわ》まで彼は高い声で念仏を唱え、集まった人たちを感動させたというエピソードがあります。

●しゃべるということを大事にした法然

口称《こうしょう》念仏、または高唱《こうしょう》念仏――声に出して念仏を唱えるということは、法然が広めました。

彼には、もちろん著作もあります。彼の代表的な著作は、『選択本願念仏集《せんじゃくほんがんねんぶつしゅう》』というもので、これは念仏とはいったいどういうことかということを整然と書いた名著なのですが、実はこれもほとんど口述なのです。

弟子の中の選ばれた人間が口述して、何人かでそれを分担してまとめたのです。法然は、「知恵第一の法然坊」、比叡山きってのインテリといわれました。十代で大蔵経《だいぞう》《きょう》という膨大なお経の集大成を三度も読み返したといわれる大秀才であったにもかかわらず、やがて彼は直接人々と問答を始めました。

比叡山を下りて黒谷《くろだに》に行き、黒谷をさらに下りて今度は吉水《よしみず》というところに草庵《そうあん》を構え、訪ねて来る人たちから直接、質問を受けてそれに答えるという対話を始めたのです。

そのうちどんどん聞き手が多くなってきて場所がなくなり、草庵の前に出て、庭に集まった何十人か何百人かわかりませんが、その人たちを相手にいろいろな質疑応答を繰り返していく。そういった中で、念仏は広まっていくわけです。

「念仏者は酒を飲んでもいいのか」などと、人々が聞きます。

それに対しては、「まあ、できれば飲まないほうがいいけれど、そこは世の習《なら》いなれば」というふうに、含みを残して微笑するというのが法然のやり方でした。

「女性の物忌《ものい》み、月の障《さわ》りのあるときに神社仏閣に詣《もう》でてはいけないといわれているけれど、これはどうなのでしょうか」と聞かれると、「いっこうにかまいません」などと言うので、女性はうれしさのあまり、涙を流したりするのです。

法然の仕事の中で注目すべきこととして、彼の論理や思想を皆が論じています。しかし、法然の成したことはそれだけではありません。

それまでの書面や文書の経典中心主義から方法を転換して、声に出して語り、人々と直接問答《もんどう》する、しゃべるということを非常に大事にしたということに、その真価があるのではないかと思うのです。

当時の仏法《ぶっぽう》というのは、問答というものが非常に大きな要素だったのです。問答と梵唄《ぼんばい》、すなわち問答と歌の二つが、比叡山の修行の中でも特に大事だった。

梵唄というのは梵語で歌う歌のことです。梵唄とか声明《しょうみょう》とか、当時の仏教の儀式は全部歌で成り立っています。大きな法会などで最初に天皇などが入ってくるときには、越殿楽《えてんらく》の厳《おごそ》かな音楽で入場してくる。

そして願文《がんもん》とか表白《ひょうびゃく》などといって、

「今日はこういう趣旨でこのパーティーを催《もよお》します、法会を催します、われわれはこういうつもりでこれを行ないました、こういうかたちで施主（スポンサー）はだれだれです」

というようなことを最初に述べるのですが、そのマニフェストのようなものも全部歌なのです。節をつけて歌われるのです。

それから散華《さんげ》といって、若い坊さんたちが列をつくって、鉢《はち》の中に入れた花びらを撒《ま》きながら場内を一周する。

そのときも歌があり、伽陀《かだ》という説教のような歌もある。

仏教行事で演奏されるものは全部音楽であり、歌なのです。経典も、もちろん節をつけて歌われるのです。

ですから仏教行事とはすなわち、歌と音楽、そしてもう一つは問答です。

その問答というのはお互いにいろいろなことを議論するわけですが、それは並みの議論ではない。侍の真剣勝負のようなもので、問答に敗れたということは一生の屈辱とされました。

当時、僧侶は公務員ですから、官僧になるための許可は年に何人かにしか下りない。年分度者《ねんぶんどしゃ》というのですが、官僧になる試験というのは中国の科挙とか、後の日本の高等文官試験に劣らないぐらいの至難のもので、その項目を見たら、びっくりします。

経典などを、まず漢音《かんおん》で読んで、次に呉音《ごおん》で読み、そして訓音（日本読み）をして、すべてそれを暗記して読まなければいけない。そのほかにも難問が続出するのですが、そこを通過するというのは、天下の秀才でなければできないことなのです。問答というのは、口頭試問みたいなものですが、やはり相手を言い負かさなければいけない。

インドの問答というものの様子を見たことがありますけれど、片方は座っていて、もう片方は立っているのです。それでずらりと問答者が十数人並んで、立っている人間が、ものすごい勢いで相手を指差しながら激しい質問をする。

それに対して座っているほうは、即答しなければいけない。答えたら答えたで、それに対して、「それは違う。おまえの言っていることは矛盾している」というふうに、ものすごい勢いで攻め立てられるわけです。それにもまた、負けずに答えなければいけない。

問答というと、何か静かなところで、禅問答のような形でポツンポツンと語っているような印象がありますが、インドのそれはそうではなく、ものすごく激しいディベートなのです。

本来の仏教というのは口説《くぜつ》、言葉であり、歌であり、また音楽である。そういう中から仏教の思想というのは広がっていきました。

インドにナーランダー大学という仏教大学がありました。釈迦が説法をした場所に、五世紀に建てられた大学ですが、全世界から留学生が集まってくるわけです。留学生たちにとっては言語も不自由でしょうが、途中で志《こころざし》が折れて中途退学して国に帰る人がたくさんいたそうです。それは何かというと、問答に敗れた人なのでした。

人は言葉というものを持って以来、遙か昔からずっと、思いついたことを人に話すことで思いを伝えてきただけでなく、自分とも対話をしてきたのでしょう。

声に出して話し、相手の反応を見ているうちに考えも深まり、新しい発想がわいてきたに違いありません。それは昔もいまも変わらないことではないでしょうか。おしゃべりもまた、人間が生きるうえで大切なことなのです。

第六章

病《やまい》の効用

●深夜の瞑想の後にくる黄金の時間

私は最近、眠りにつくのはだいたい午前六時です。そして起きるのが午後一時から一時半の間、これが普通のペースです。

ときどき仕事で午前中に起きなければいけないこともありますが、そのときは仕方がないので、睡眠不足は、あとで穴埋めするという考え方でやっています。

日が昇ると同時に起きて、日が沈むときに寝るのが人間のまともな暮らし方だと言う人がいます。健康法というと、だいたいが早寝早起きを前提にしている。「早起きは三文の得」と言いますし、「アーリーバード・キャッチ・ザ・ウォーム（早起き鳥は虫をつかむ）」というような英語を習ったこともありました。けれども私は、本来寝る時間は人さまざまだと思います。

縄文期の日本人は夜行性だったという学者もいます。農耕生活が始まるのは、律令制度が確立され、口分田《くぶんでん》というものが人々に与えられて、その土地に一生居ついて働くようになってからです。

その時代に農民、百姓とされた人は、「日の出とともに畑に出て、日が沈んだら家に帰って、夜遊びなどせず、よく寝ろ」としこまれた。そういう人を大御宝《おおみたから》（国の御宝）と呼んで、大切にしたのです。

ずっと後になって士農工商と言われたように、商人の上に農民をおいたのは、統治する人間たちが、自分たちに都合のいい人間を持ち上げるという目論見《もくろみ》があったのではないかと思います。

食事も、江戸時代の日本人はいまとは違って二食だった、という説が一般的です。三食とるようになったのは軍隊ができてからだという人もいますけれど、ともかく、昔の人でも夜更《ふ》かしの人もいたし、早起きの人もいた。

当然ながら夜行性の民族もいたし、そうでない民族もいた。

フクロウというのは、昼間寝ていて夜は起きている。それで「知恵の象徴」などと言われたりしますが、夜遅く起きているということは人間にとってとても大切な儀式でもあったのです。古来、宗教的には、暁《あかつき》という、夜が明ける直前の三時、四時ぐらいの時間が一番貴重な時間として大事にされていました。イスラム教でもそうですし、仏教でもそうです。

今様《いまよう》は、平安末期から大流行した巷《ちまた》の歌ですが、その中に、

「仏は常にいませども、うつつならぬぞあわれなる」

とあります。うつつというのは現実で、「現実に見えないことこそ残念だ」ということです。

「人の声せぬ暁に、ほのかに夢に見えたもう」

とつづき、これが当時、人口に膾炙《かいしゃ》した名歌中の名歌と言われているのです。

流行歌謡である今様というのは、非常に質の高いもので、「仏さまというのは目の前にありありとリアルに見えるものではないけれども、寝静まって、まだ夜が明けていない、そういう暁闇《ぎょうあん》の、その夜の最中にほのかに夢に見えた」と詠《うた》っている。

この歌はそういう時間に対する憧れであり、また、そういう時間を大切にする、という歌でもあります。

イスラム教でも、深夜の瞑想というものはとても大切にされました。これはどの宗

教でもそうです。そして、その後の暁の時間に神が訪れてくるという。親鸞などの伝説の中でも、暁の時間がよく出てきます。

まだ暗い、しかし夜は間《ま》もなく明けようとする、そういう人の声せぬ暁に、聖徳太子の化身《けしん》が観音像として現われてきて、親鸞に一つの託宣《たくせん》をするわけです。何か大切な、重大なことが訪れるのは、だいたいそういう時間なのです。

イスラム教などでは、その時間に眠らずに起きているために、コーヒーというものを薬物として使用したとも言われています。イスラムやアラブの軍団がヨーロッパを席巻したときに、その地に残されていたのがターキッシュ・コーヒーというコーヒーで、それがヨーロッパにコーヒーが伝えられた始まりという説もある。

夜更《ふ》かしが向いている人は夜更かしでいいし、早朝に用事のある人はがんばって起きていればいい。中には、どうしても朝まで起きていることを後ろめたく思う人がいるかもしれないけれど、そう思う必要はないのではないか。

私はもう五十年間、深夜にずっと起きていて、朝になってから寝て、そしてお昼過ぎに起きるという生活を繰り返してきながら、何とかこういうふうに馬齢を重ねて、八十近くまで現役でやってきているわけです。

いつ寝るかはその人による。何事も人によるというのは、非常に大切なことだと思います。

●人はしょせん、一人ひとり違うのだ

薬について言えば、薬はだめだという人と、やはり薬は飲んだほうがいいという人とに分かれます。

私は、自分に合った薬を発見したとき、こんなに頼もしい味方はないと思いました。よくホームドクター、マイドクターを持つことが大事だといわれる。それはそのとおりなのですが、マイメディスン（自分に合った薬）を持つというのも大切なことなのではないでしょうか。

たとえば胃薬でもいろいろありますが、私はその中で一種類だけ自分にフィットした胃薬を見つけて、この二十年ぐらいそれに頼っています。頭痛薬にしてもそうで

す。

漢方とか西洋薬に限らず、やはりその人に合っている薬というのがあるのです。がんの治療薬でもいま何十種類という新薬がありますが、本当は一人ひとり個人によって薬効《やっこう》というのはものすごく大きな違いがあると思います。だからそれを発見するということが、きわめて大事なことなのです。

年を取っていくということは、実際に生きた長年の経験の中から、自分が実験室になっているということです。

自分という実験室でいろいろな薬を試す。試すといっても三カ月とか六カ月ではだめなので、三年、五年、十年と、いろいろ試してきたうえで、自分に合った薬がわかってくる。

これは年を取った効用の一つです。やはりこれは自分に効くのだと、試行錯誤の末に見つけていくことができるのです。

たとえば前立腺《ぜんりつせん》の肥大には、八味地黄丸《はちみじおうがん》がいいというのは、よくいわれることです。けれども、八味地黄丸といってもたくさんあるのです。その中で私は二つだけ合うのがあって、錠剤でいうとK社、顆粒でいうとT社。顆粒は医師からもらって、錠剤は市販で買っています。

ほかにもいろいろあるので使ってみましたが、やはりこの二つでとどめを刺す。自分に合っているというのは、薬効ということもあるけれど、自分の体質と合っているということです。

自分の体質に合うものにめぐり合うためには、時間がかかります。

偏頭痛の薬でいえば、カフェイン含有の予防薬が自分には一番合っているということを見つけるために、十年かかりました。いろいろなものを試してみたのですが、何度も試行錯誤を繰り返してみて、やはりこれが合うなと決まると、もうそれが一番です。

そういうふうに、時間をかけて探す。自分に合ったものを探し出すということは本当に大変なことだけれど、結局それが一番いいと思うのです。

世間で、あれがいい、これがいいと言うけれど、本当にその人にとっていいのかどうかはわからないのではないでしょうか。

私は文房具はいろいろ買って試すのが好きで、絶えずボールペンなどを買っているのですが、やはり最終的にはこれかな、というところへ落ち着くと、それで通していく。

人さまざまといいます。在原業平《ありわらのなりひら》の歌の中に、

「おもうこと　いわでぞただに　やみぬべき　我とひとしき　人しなければ」

という一首があります。

「思うことはあるのだけれど、それを口に出しては言わないことにする。なぜかといえば、人はさまざまで一人ひとり違う考えを持っている。自分の考えを述べたからといって人はそれに同意してくれるとは限らないし、理解してもらえないことのほうが多いのではないかと思う。だから自分は、それはあまり口に出さない」

という歌です。

人と違うということに、後ろめたさを感じる人もいるのです。多くの人たちは、「ほかの人たちはこうなのに、自分はこんなことをしている、これでいいのか」と、とても不安に思うところがある。

けれど、人間は十人十色、というより百人百色なのです。そのことはわかっているのだろうけれど、本当には納得はしていないのではないでしょうか。

人はさまざまで百人百色だということは、たとえば手紙を書いてみると一目でわかるのです。何でこんなに字が違うのかというくらいに、百人が百人違う。右上がりもある、左下がりもある。フラットな字もある。

私はたまたま先日、司馬遼太郎《しばりようたろう》さんの原稿を見て、何て丹念な、小さな字なのかと思いました。鉛筆書きで薄く書いてあって、本当にきれいなのだけれど、戦国の武将とか、『坂の上の雲』とかの雄大な話を書く作家にしては、何という繊細で可憐な、正直な字だろうと思って、感動したのです。

人はしょせん一人ひとり違うのだ、ということを肚《はら》の底から納得する必要があるような気がします。いわゆる健康法とか生き方とか、そういうことにしても、「自分はこうやっている」と、皆がいろいろなことを言う。

でもそれは自分のことについて言っているのであって、人はそれぞれ全部違う。たとえばメタボとか、標準血圧とかいろいろなことを言いますけれど、実際には標準の血圧などはなく、その人によって違うのです。

放射能について、これくらいの量を浴びれば、人にはこういう影響があると国は保安基準などをつくりますが、本当はそうした基準などは意味がないと思ったほうがいいのです。

ほかの人にとっては何でもなくても、自分にはダメージが大きいときがあるし、ほかの人に大変でも自分にとっては大したことがないときもある、というのが真実です。

●体のことは、自分の実感に従うしかない

放射能の照射は、微量であってもできるなら避けたほうがいいというのは常識です。

放射能というのは体内に蓄積する。ですから、たとえばその日の午前に歯医者さんで撮《と》って、午後に胸部の撮影をして、翌日、胃がん検査の撮影をしたとしたら、体内

に蓄積される放射能は全部加算される。人間ドックに入って、連日マンモグラフィーなどを撮ったとしたら、それも全部加算されていくのです。

次の医者のところで検査を受けるときには、「先月こういうところでレントゲンを撮りました、歯医者さんでも撮られました」ということを、本当は全部申告しなければいけない。けれども普通はあまりやっていません。

放射能汚染でいえば、日常的に水を飲む、野菜を食べる、空気を吸うということのすべてが体内で蓄積されて、それがたまるということを考えなければいけないとされています。

レントゲンの場合も同じです。「一回レントゲンを撮っただけなら、放射線の値《あたい》はこれくらいだから心配ない」と言うけれど、レントゲンを撮る技師の人は、ガードして撮っています。

アメリカなどでは、レントゲンによるがんの発生率が二%ぐらいというデータが、出されたりするのですが、日本ではあまり言われない。

こういう末世の今こそ、自分なりの生きる方向というものを決めるしかない、と思います。親鸞は、「もし法然に騙《だま》されて自分が念仏して地獄へ落ちるとしても、いったん信頼したのだから、そのことは一切後悔しない」、と言い切っています。そのくらいの決断がないと、今の時代は生きていけないのではないでしょうか。

やはりいろいろな判断をするときに、間違ってもいいから自分の意見というものをきちんともって臨《のぞ》むしかない。そのようにしている限りは、人を怨《うら》まなくてすみます。

国の意見に従って行動して、それで間違えたときには、本当に国を怨むしかない。自分の意見に従う、自分の考えどおりにやるということは、とても恐ろしいことです。そして決めた以上は、それはもう自分が決めたことだからという、ある種の諦《あきら》め、覚悟というものを持たなければならない時代となりました。

何か起こったときに、他人に責任を転嫁するのと、「俺が決めたことだから」というのでは、やはり違う。避難しろと言われて避難して、それで失敗したのと、自分で避難しようと思って避難して失敗したのでは、結果の受け取り方が違うわけです。

自分の決心といったものをしっかり持たなければいけない時代に入ってきたな、と思います。

●健康法や養生法は、思想や哲学につながっていく

私が以前から興味を持っている野口晴哉《のぐちはるちか》という人は、人によっては神がかった健康法の指導者と見られたりもしますが、野口整体の創始者として有名な人です。

もともとは虚弱な体質だったそうですが、子ども時代から特異現象を呼び寄せるというか、普通の人でないような、超常能力を発揮することがあった。病気の人を治すとか、予言者的なことを言ったりしたそうです。

そのようなことがあって、やがて病気の人を治療する方向へ行くのですが、野口晴哉の指導はそれだけに留まらない。

健康法とか養生法とかというものをずっと突き詰めていくと、どうしても人間論や思想、哲学につながっていくのです。

野口さんという人は、戦前に首相も務めた近衛文麿《このえふみまろ》の娘さんと結婚しています。病

んだ人から依頼を受けると、自分の都合も顧《かえり》みず、深夜でも出かけていって治療をする人でした。

霊能者というか、そういう人のする治療の背景には、必ずその時代の背景があるのです。

私は父親が剣道をやっていて、「剣道というのは気が大事なのだ、相手の気を読む」というようなことをしきりに言っていましたので、幼いころから自然と呼吸法に関心を持っていました。

明治から大正にかけて、岡田《おかだ》式静座法というものが一世を風靡した時代がありました。相馬黒光《そうまこつこう》も熱心な信奉者の一人でした。黒光は、中村屋を創立した相馬愛蔵《あいぞう》の夫人で、フェミニストとして演劇運動を行なったり、「どん底」などという芝居をしたりした、大変な思想家です。

彼女ばかりでなく、その当時の文人とか文化人たちがこぞって、風になびくように岡田さんのところへ押し寄せていた。

岡田式静座法には哲学があり、単なる健康法ではないのです。ところがその岡田さんが急死すると、一挙に潮《しお》が引くように、信奉者がサッと離れていってしまった。岡田さんの名前はいまは知る人も少ないのですが、一時期は本当に一世を風靡した健康法の指導者だったのです。

『養生訓《ようじょうくん》』の貝原益軒《かいばらえきけん》に遡《さかのぼ》るまでもなく、白隠《はくいん》禅師などという人の影響もあって、一種の民間療法的な養生法《ようじょうほう》の歴史というのは、この国にずっとつづいてあるわけです。その中に岡田さんもいて、そのほか諸々《もろもろ》の人がいる。

生長の家系の人たちの中には、そういう治療法だけにとどまらず、一種の国粋主義的な方向と重なり合って、三島由紀夫《みしまゆきお》の楯《たて》の会《かい》にも影響を与えている人たちがいます。

野口式健康法は一種の整体というふうに言われますが、そこにとどまらず、野口さんは宇宙と人間の呼吸とをどういうふうに合致させるかという、宗教的なところまで考えていました。

●天寿をいかに延ばすかが、養生の基本

す。

筑摩書房から野口さんの『風邪の効用』という本が出ていて、私の愛読書の一つで

野口さんの説によると、風邪と下痢は体の大掃除だということになる。

「人間の体が安定を失って不安定になってくると、その不安定さの現われとして風邪を引いたり下痢をしたりする。下痢や風邪は体の大掃除だから、きちんと風邪を引いたり下痢をしたりすると体の中の異物が排除されて、風邪を治したあと、下痢をすませたあとは、その前よりも体がはるかにいい状態に向かっている。気分も爽快であり、心身ともにクリーニングされたような感じになるはずだ。

だから人間は一年に何回か風邪や下痢をする必要がある。風邪も引けないような体になったらおしまいだ」

と言うわけです。

野口さんのお弟子筋で、ちくま文庫の『風邪の効用』の解説を書いているのが、作家の伊藤桂一《いとうけいいち》さんです。私は吉川英治文学賞の選考会でずっとご一緒していたのですが、いつも温厚で、しかもご高齢にして頭脳明晰。作品批評にも、本当に傾聴すべきところがありました。

伊藤さんにお会いしたときに、「野口さんの文庫の解説を書いておられますね」と申し上げましたら、「自分は何十年という長い弟子の一人です」とのことでした。

そこで、「こういうことを聞いて失礼ですが、野口さんは満六十四歳で亡くなっていますが、健康法というか養生法を実践していた人にしては、少しお早いのではないですか」と、本当に失礼なことをうかがったのです。

伊藤さんは、少しも嫌な顔をすることなく、

「いや、五木さん、そうではないです。野口さんは幼少のころから虚弱で、十代で死ぬだろう、成人することは難しいだろうと言われていた。だからおそらく野口さんの天寿というものは二十歳《はたち》そこそこであったのではなかろうか。ところが野口さんは自分で研究開発された養生法というものを実践したことで、六十何歳まで、天寿の倍以

上も生きることができたのだと、そんなふうにも考えられませんか」

とお答えになったうえで、また、

「野口さんは、すごくハードな仕事をこなしておられた。自分の健康とか心身の状態などかまわずに、それこそ宮沢賢治ではないけれど、苦しんでいる人がいれば、夜中でも飛んで行って治療をしてあげるというふうに、わが身を顧《かえり》みずに努力された。その無理が祟《たた》ったというふうに私は思います」

と言われたので、納得がいったことを覚えています。

そう考えると、釈迦が死んだのは八十歳。その当時のインドとしては驚異的な年齢です。法然がやはり数えで八十歳、蓮如は八十五歳、親鸞は九十歳ですから、これも信じられないほどの長命です。

それに対して道元が五十四、空海もやはり六十二、日蓮も六十一で、このあたりは早いほうでしょう。とはいっても、当時としては充分長命だったでしょうが。

そういうふうに見てくると、やはり人には天命というもの、「この人はこのくらい」という天寿というものが、この世にはあると思えるのです。

そうすると空海などは、ひょっとしたら二十代で亡くなっていたかもしれないが、あの年まで生きたということは、天寿をまっとうしたどころか、天寿の三倍生きたともいえるのではなかろうかと、いろいろなことを考えさせられました。

野口さんのことを伊藤桂一さんから聞いたことで、私は偉大な宗教家たちの長命と短命の違いをあまり考えなくなりました。八十歳で死んで長命だったというけれど、本当はその人の天寿は八十五歳か九十歳だったかもしれない。そうすると、その人は短命だったというふうにも考えられるわけです。

きちんと生きれば天寿をまっとうできたのに、さらにもっときちんと生きれば、天寿を超えて人は生きつづけることができるのではなかろうか、というふうに思うわけです。

そう考えていくと、野口さんの言っていることなどは、私は信頼するに足るところがあると思うのです。

「体のバランスが崩れて不安定になっている。そこで風邪を引く。風邪を引くことでリセットする。悪いものを食べてお腹が痛む、そのときには下痢をする。下痢をすることでそれを吐き出してしまう、そのことで体をもういっぺんリセットする。そうすると、リセットしおえたあとの体調は、風邪を引く前よりははるかにいいはずだ」という説は、あながち間違いではないでしょう。

●「風邪引き」の弁証法

大事なことは、風邪は上手に引かなければいけないということです。たとえば四日とか五日とか、せいぜいそんなところがいいところで、一週間以上風邪が長引くと、こじらせたということで、これはよくない。

風邪は引き始めよりは、よくなりかけた後半が大切だというようなことも、野口さんは言っています。つまり「治るときが大事なのだ。引くときは、『ゴホン』といったら喜べ」という説なのです。

西洋医学では、風邪を引くとか下痢をするということは体の変異と取り、それを退治しようとします。

そうではなくて、リセットするための自然治癒力が働いて、風邪を引いたり下痢をしたりするのだと考え、「風邪も引けない、下痢もできないような体になってしまってはおしまいだ」とするのが野口さんの意見です。

野口さんのおもしろいところは、このように弁証法的なところなのです。

個人主義というのは近代に入って確立されたと言われますが、しかし、いまだ本当の意味での個人主義というのは確立されていないのではないでしょうか。

やはり日本人は左右を見て、お互い、雷同してやっていこうという気持ちが強い。ほかの人がしていないことをするということに対して、いまでもものすごく抵抗があるようです。

●病気は「治《なお》す」ものではなく、「治《おさ》める」もの

人間は生まれながらにして不安定な存在なので、「原則として人間は健康」というのは、そもそも間違っているといえます。

考えてみれば、人は生まれながらにして死のキャリアではないでしょうか。死はいつか必ず発現するのだから、そもそも完全な死のキャリアとしてわれわれは生まれてくるわけです。そういう大きな病《やまい》を抱いたものとして生きているということを、やはり再確認しなければいけないと思います。

一〇〇％健康な体というものがあるとする健康幻想が片方にあって、もう片方に病気があるという考え方がある。それに基づいて、病気はやっつけるものという考え方がありますが、それが間違っている。

そもそも、がんの完治とか治癒とかというときの「治」の字は「なおす」と読むのではなく、「おさめる」と読むべきでしょう。政治の「治」、政《まつりごと》を治《おさ》めるの、治めるです。

治《おさ》めるというのは、不安定な状態を平穏な状態に戻すように努力するということ。

腰痛が治《なお》ったというふうに言うべきではない。腰痛を「おさめた」、治めたけれども腰痛はあるのです。

直立二足歩行を始めた時点から、人の体にはそもそも無理がある。四足歩行をしているイヌとかオオカミには腰痛はないのです。人間は直立しているので、大きな頭部の重さを脊椎《せきつい》の上に乗せて歩くわけです。そういうこと自体、そもそも無理なことをしているわけで、腰痛は宿命的にあるのです。それをせめて表へ出さないように努めること、それが治《おさ》めるということなのです。

何かを駆除してなくす、という考え方が、多くの健康法の間違いの基《もと》です。イラクやアフガニスタンから過激派を一掃するとか、テロリストをなくすとかと同じ考え方です。

病気というものは、ある意味では、人間に対する驕《おご》りとか、健康に対する過信といったことへの警戒警報なのかもしれません。あるいは教訓、戒《いまし》めだと言ってもいいでしょう。

● 完全な健康などありえないことを知る

私は両親とも病気で亡くしましたし、弟も二人病気で亡くなっています。

一人の弟は、当時の丹毒《たんどく》という病気で、まだ子どものころに亡くなりました。もう一人の弟は四十歳を過ぎて亡くなったけれど、いまの平均寿命からいうと早世という
ことは否《いな》めない。そんなふうに家族を病気で亡くしているので、病気に対しては恐れや不安、恐怖心が非常に強いのです。

しかし、見方を変えてみると、病気というのは何となく避けたい、忌《い》むべきものであることはたしかですが、正岡子規の『病牀六尺《びょうしょうろくしゃく》』ではないけれど、人間に対する自然からの語りかけ、という感じもあるのです。

長期療養をしたり、持病で苦しんでいたり、アトピーで悩むお子さんを持っている方たちのご苦労というのは、推察するに余りあるところはあります。けれど、「病気ということを頭から毛虫のように嫌って、ちょっとした病気でもすぐに抗生物質で叩くというのはどうなのだろうか」、という気もします。

火の用心というものはしていなければならないものですが、どんなに用心をして、万全の準備をしていても、火事が起こるときは起こる。

ですから、病気になるべきだというわけではありませんが、病気をいたずらに怖《おそ》れ

るのではなく、病気が人間に語りかけているというものに耳を澄ますということは、とても大事なことだと思います。

また、「闘病という言葉がいいのだろうか」と、ふと考えたりもします。

西洋医学の考え方は、病気の原因をミサイルでピンポイントで叩くようにして、それを壊滅させて健康を取り戻すというものです。

人間は「おぎゃあ」と生まれたときから、長くて八十年から九十年くらいの間でこの世を去るという、生まれながらにして死がセットされている存在だとも言えます。

そう考えると、人間の生の中に、すでに死への病《やまい》というものが織り込まれているわけで、完全な健康というものはありえないのかもしれません。

人間というのは、常にさまざまなかたちでの病を抱《かか》え込んでいます。老いというのも、人があらかじめ抱え込んだ病です。

私は、病気の大半は老化ではないかという気がしているのです。赤ん坊や子どものころだったら乗り越えられるようなものが病気としてかたちを現わしてくるのは、やはり老化の作用だろうなと思います。

まして「人生五十年」などといって平均年齢が四十歳台だったころに比べると、われわれは人間の老化の過程を生きているのですから、これに対して、ただただ戦う、病気をやっつけるという敵愾心《てきがいしん》だけではどうにもならないのではないでしょうか。

●納得できない不合理のことを「苦」という

仏教では、人間の存在は苦《く》であるといわれますが、私などはこのことに最初からすごく抵抗があるのです。

ヨーロッパに仏教が伝わったときには、そういうネガティブな人生観からスタートするのは間違っているとして、仏教に対する嫌悪感が強かったらしい。そのことは、とてもよくわかります。

けれども、人生は苦であるというのは、人間の生というものは非常に不合理で、不平等で、そしてまた非情で、矛盾に満ちているということを言っているのではないかという気もするのです。

世の中にこんなにたくさんの人がいる中で、よりによって何で自分がこんな病気にならなければいけないのか、なぜあそこのあの人は健康で、自分は絶えず病に見舞われなければいけないのか。人は、どうしてもそういうことを考えてしまう。

何か悪いことがあると、昔は因果応報《いんがおうほう》と言ったし、善因善果《ぜんいんぜんか》、悪因悪果《あくいんあっか》と説明された。前世のその人の功徳の積み方が悪いからだとかという言い方をされたのです。これは仏教の一番よくないところだと思います。

ものごとにはすべて原因があるという考えは合理的なのだけれど、現在、その人が背負っている不幸とか病などということまで、その人のこれまでの業《ごう》とか、前世とか、あるいは先祖の行ないが悪かったからだというのは論外だと、私は思います。

けれども、そういう解説をしないと納得のいかないことがあるのもたしかです。

たとえば同窓生が何十人かいて、みんな元気なのに自分だけが同窓会に出席できないような病に苦しんでいる。なぜ自分だけが、という現実は、やはりあります。これは不合理としかいいようがありません。そのことを指して、苦という表現を、釈迦はとったのでしょう。

合理的に解決できない、どう考えても不均衡である。平等でない、理屈に合わない。そういうことがこの世の中には多々あるし、また多すぎる。

それを感じるときに、「ああ、何という世の中だろう」と、人は思う。

そこから生まれてくるものが、「人生は苦だ」という、一見、ネガティブに見える発想なのだろうと思います。この、不平等で、説明のできない矛盾した世の中で、人はどう生きていけばいいのだろう。そこのところが、仏教の提案している根本のテーマなのではないでしょうか。

そう考えていくと、たとえばがん一つ取っても、がんに対する驚き、不安、それから怒りというふうにいくつもの段階を経て、人はがんと共生していくのではないか。

そういう生活の中で、われわれが感じるものというのは、

「やはり人生というものは不合理だ。けっして平等ではない。苦というものを意識しないでは生きていけないな」

という想いなのではないでしょうか。

幸いにして私はいまがんに悩まされていないので、高みの見物のようなことを言っ

て申し訳ないのですが、たしかにそう思うのです。

普段の心がけが悪いから人は病気になる、というものではない。僕の周りの人たちを見ていても、きちんと健康に気を使い、日常の生活も規則正しく、常に体に気を配りつつ、病に冒《おか》される人というのはたくさんいるわけです。一方では、たばこを吸い放題吸っていて何でもないという人も、中にはいる。

こういう、納得のいかないことがあまりに多すぎるということを、釈迦は苦という言い方で表わしているのではないかと思うのです。

病を抱えるということは、他の何物にも代えがたい自分の体のことを、誰よりもよく知るということではないでしょうか。

非の打ちどころのない、完全な健康体などこの世にないことに思い至れば、いたずらに病に脅《おび》えることもなくなるかもしれません。

第七章　マンネリの効用

●仏教の説教は、ゴスペルソングと同じ

蓮如《れんにょ》という人は、非常におもしろい人物です。蓮如は毀誉褒貶《きよほうへん》の多い人で、嫌いだという人も多い。

以前、対談をさせていただいた梅原猛《うめはらたけし》さんは、

「俺は蓮如はよう書かん。親鸞《しんらん》なら小説にしようというふうに思っているんだけれど、蓮如はとてもとても。よく五木さんは大胆不敵に蓮如なんかを作品に取り上げましたな」

と言って、笑っておられました。

生涯に奥さんを七人か八人持ちながら、どの妻も前妻が病没して何年かたって次をもらうという形で、一度もダブっていない。そういう意味でわりと律儀な人なのだけれど、子どもを二十何人も作ったというので、みんなびっくりしてしまう。

僧侶としては評判がかんばしくないのですが、おもしろいと思うのは、小さなこと

一つでも、わかりやすくたとえ話として話すことです。

たとえば蓮如は、

「人は慣れると、手ですべきことを足でするようになる」

などということを言っています。

こちらは冷蔵庫を足で閉めるたびに、「蓮如が言っていたのはこういうことか」と気づき、「そうか、手で閉めなければいけないんだ」と思うのです。

真宗《しんしゅう》というのは聞法《もんぼう》と言って、いろいろな修行よりも何よりも、善知識《ぜんちしき》の話を聞くということを一番大事にします。善知識とは先達《せんだつ》のことです。聞法とは真理を聞くという意味。法を聞くのではなくて、先輩のお話を聞くのです。

たとえば釈迦の話を聞きに、サルとかイヌとかキジとか、いろいろな動物までが集まってきているという絵がある。それからアッシジの聖フランチェスコという人には、彼が説法をすると小鳥までが足許に下りてきて聞き入ったという話があります。

本を読むということより、その人の肉声を聞くということが、宗教では一番大事にされてきた。それを面授《めんじゅ》といいます。曹洞宗《そうとうしゅう》の坐禅のように、宗派によって大事にするものがそれぞれあるのですが、真宗はその伝統の中で聞法を一番大事にしてきました。

昔は説法というのは一つの芸でしたから、聞き手の側にしても、もう百遍も聞いて、起承転結まで全部、隅々《すみずみ》まで暗記しているという話もあるわけです。

「和尚さんはここでこういう冗談を言うよ。ここでこういうエピソードが出てくる、次はこうなるよ」

と、隣りの人に教えてあげられるくらい耳になじんだ説法もあります。

そんなときでも、

「聞法をする者は、生まれて初めてその話を聞くような感動で、新鮮な気持ちで聞かなければいかん」

と、蓮如は言っているのです。これは非常に大事なことだと思います。

昔の説法というのは、いわば型でした。ですから合間に適当なニュースは交《まじ》えたとしても、あくまで型というものがあって、その型によって演じられる、一つの芸のようなものだったと思います。

「受け念仏」というそうですが、聞くほうでも話がクライマックスに差しかかってくると、聞いている聴衆の間から自然と「ああ、ありがたい、ありがたい。なんまんだ、なんまんだ」という声が沛然《はいぜん》と湧き上がってくる。

そうすると、説法をしている人は途中でスタンディング・オベーションを受けたようなもので、その声にさらに励まされ、さらに一段とオクターブが上がっていく。そういうかたちで、話をする側と聞く側とが一体となるわけです。

つまり、ゴスペルソングと一緒です。ゴスペルというのは「ゴッド・スペルス」、神の言葉という意味です。その神の言葉を歌にして説教をするのがゴスペルソングですが、そういうかたちで法悦の数時間を過ごすというのが、信者たちの喜びでもあり、生きがいでもあった。

ゴスペルソングも説法も、同じものを何度も何度も聞くものなのです。

「うちのお寺のお坊さんは、この話を年に五〇回ぐらいやって、しかも十年も聞いているから五〇〇回も聞いた」などという人がいて、言葉の端々《はしばし》まで暗記していたとします。そんなときでも、「聞法する人は、その話を生まれて初めて聞くときのような気持ちで聞かなければいけない」と蓮如は言っているのです。

●説法の本質を知っていた蓮如

蓮如は聞く人にだけに諭《さと》しているわけではなく、もう一皮めくって考えてみると、話す側の説法者についても言及しているのだと思います。

百遍その話をして、ソラでもスラスラと言える、ほかのことを空想しながらでもその話はできるというほど語り慣れた説法であったとしても、「語る側は一期一会《いちごいちえ》の、いま初めてこの人たちに向かって話をしているのだという、新鮮な感動をもって話をしなければいけない」というふうに戒《いまし》めていると思うのです。

つまり、場所や人、機《き》などといろいろ言いますが、説法はその時々で、聞き手の状況が違う。昨日その話を聞いた人間と、今日聞いている人間と、明日聞いている人間とでは、同じではない。

仏教というのは、「同じものは何もない、いつも常に移り変わって変化している」

というのが基本の考え方ですから、昨日の自分は今日の自分ではない。

大きな津波があって、昨日の夜、自分の家族が流されたとしたら、その次の日の朝の自分は、もう昨日の自分ではないわけです。同じ話を聞いたとしても、まったく違ったふうに聞けて当たり前なのです。

まず、話をする場所が違う。場所が違うというのはとても大きなことなのです。状況に応じて、その話は生きたり死んだりする。たとえば話す側にしても、念仏などに全然関心のない人たちに話をするときと、何十年にもなる念仏の先覚者に向かって専門的な話をするときでは、話の仕方も違うし、態度も違ってきます。

ですから同じストーリーを語っていても、一〇〇回語っても一〇〇回違う。話を渡す相手が決まっていないわけですから、それによって話し方は自然と変わってくることになる。

蓮如の御文《おふみ》というのは、彼が講《こう》というその当時のメディアともいうべきものを駆使して、伝道の方法として書いた手紙のことです。各地の門徒の中のリーダーに向けて書きました。

柳田國男《やなぎたくにお》などが丁寧に考察していますが、村落、農村がまだ村としてのかたちを整えていないときでも、そこの地域のリーダーというものがいるわけです。

彼らは名主《みょうしゅ》とか地主《じぬし》とか、あるいは毛坊主《けぼうず》とか呼ばれた人たちで、普通は農民としてほかの人と同じような仕事をしていますが、葬儀とか法会《ほうえ》を催《もよお》すときにはリーダーとしての役割を果たす。彼らはまず字が読めるし、ある程度の知識がある。そういう人たちが、いわば地域のリーダーになっているわけです。

そのリーダーに向けて、蓮如は実にたくさんの手紙を書きました。

その書簡のことを東本願寺では御文《おふみ》といい、西本願寺では御文章《ごぶんしょう》といいます。

●『白骨《はっこつ》の御文章』を耳で聞いて、涙があふれたとき

その手紙の中で蓮如はいろいろなことを言っていますが、それがとてもいい言葉なのです。

有名な『白骨《はっこつ》の御文章』というのも、そんな手紙の一節で、つきなみだけれど名文

です。しかし『白骨の御文章』に対してはいろいろと批判があって、コミュニストで評論家だった杉浦明平《すぎうらみんぺい》さんは、「美文で手垢《てあか》のついた言葉が多く、つきなみな表現が重ねられていて、しかも繰り返しが多い。これはけっしてよい文章ではない」といった批判をされています。

たしかにそのとおりなのですが、私はそこに偉大なマンネリというものを見るのです。

「朝《あした》に紅顔《こうがん》、夕べに白骨」とか、「我や先、人や先」とか、とてもリズムのある名文で、そしてその文章というのは机の上に広げて読んでいるだけではだめなのです。つまり、それを読むときの状況というものがあるのです。

私の弟というのは、私よりずっと年下で、私が中学校に入ったときにまだ小学校に入っていなかったぐらい年が離れていました。終戦後の引揚げのときも、手を引っ張って、三十八度線を一緒に越えてきたという仲なのです。

大人になってからも私の仕事の片腕としていろいろと手伝ってくれていたのですが、何か志《こころざし》を得ないままに齢《よわい》を重ねたという雰囲気があって、そのことが私はとても気になっていました。

その弟が、腎臓のがんで急死したのです。

腎臓のがんというのは、発作を起こすとアドレナリンがものすごい勢いで噴出して、あっという間《ま》に死ぬ可能性があるのだそうです。あまり急に亡くなったので、警察で検死も行なったのですが、間違いなく腎臓がんの突然の発作による死であるということがわかった。それでようやく納得しました。長く患《わずら》って死んだのではないものだから、なかなか納得がいかなかったのです。

増上寺《ぞうじょうじ》でお別れの会を行ないましたが、普通は葬儀を終えると一段落ついて気持ちが治まるとよく言うのですが、私は何か釈然としませんでした。

引揚げ以来、苦労を共にしてきた実の弟が亡くなったのに、なぜ心の底から悲しくないのだろう。そんな不思議な気がしていたのです。たしかにあまり涙が出なかった。それで、自分は弟の死に際しても涙も出ないような、心が渇《かわ》ききった人間なのだろうかと、とても不思議に思いました。

ところが弟が亡くなって一カ月ぐらいして、ある知り合いの西本願寺系のお坊さんが「お経をあげさせてください」と訪ねてこられたのです。私が「お経はけっこうですから」と言いましたら、「それでは蓮如のお文《ふみ》を読ませてください」とおっしゃる。「どうぞ」と言うと、かたちだけの小さな仏壇だけれど、遺影の前で、そのかたが『白骨の御文章』の一番知られている文章を朗々《ろうろう》と読み上げられました。

そのとき突然、滂沱《ぼうだ》として、涙が出てきたのです。弟が死んで以来、はじめて号泣というか、そういう状態が現われたので、本当にびっくりしました。

私は杉浦明平さんを好きでしたから、杉浦さんが書くものもよく読んでいたし、明晳な人だと思っていました。たしかに彼の『白骨の御文章』への批判は当たっているのだけれど、「しかしそれは、机の上にテキストとして蓮如の文章を広げて読んでいるときの批評ではないか」と、そのとき感じたのです。

蓮如の文章というのは、機《き》に応じて、つまりその人が置かれた状況の中で、言葉を文字からではなくオーラルに、声として聞けば、そのときはじめて活字が立ち上がってくるのです。「だから、こんなにも人の心に迫ってくるものなのか」と得心《とくしん》しました。

たしかに同じことの繰り返しは多いのですが、わかりやすく人に伝えるためには、繰り返しが多いことも必要なのでしょう。

美文というもの、耳になじんだ、手垢のついた言葉というものは、それほど愛用されてきたということなのです。民芸品がそうなのですが、手垢がついて黒光りしているというのは、大事にされた証拠ではないでしょうか。

そうではなくて、新鮮で目新しい表現の場合は、声に出して一過性の読み方をされてしまうと、何を言っているか、ふと聞き逃してしまうときがある。

たとえば「急がば回れ」とか、「転ばぬ先の杖《つえ》」とか、常套句として人の耳になじんだ言葉の場合は、半分ぐらいしか聞かなくても、全部意味がわかってしまう。『白骨の御文章』は、どんな条件の下で聞いても耳にわかる。しかも繰り返しが多く、わかりやすい表現でありふれた言葉が重なっているのです。

声として人に伝える、コミュニケートするときには、これは絶対不可欠な条件なのだということがよくわかりました。

テキストとして机の上で読んでいるときには何と言うこともない平凡な文章であっ

たとしても、その文章をある状況の下で、たとえば家族が亡くなってまだ一カ月もたっていないという状況の下で耳から聞くと、全然違ったものとして響いてくるのだということを体感したのです。

つまり蓮如の文章は、いうなれば状況の文章なのです。

蓮如はその文章を、地方にいる村人たちに目で追って読んでもらおうとして書いたのではない。彼は自分で声に出して、何度も唱《とな》えて、それを文字にしたのです。

そして村長《むらおさ》、名主、あるいは毛坊主という人たちが人々を集めて、夜中に灯心《とうしん》の光の下で、「京都から届いた蓮如様のお言葉である。みんな、心して聞け」と言ってその言葉を読み、それを人々が耳から聞くのだということを想定して書いている文章なのです。これは非常に大事なことだと思います。

●昔のドストエフスキー、今のドストエフスキー

マンネリというのは大事なことで、たとえば三十代のときにした話と、六十代、七

十代で話をしているときの話とでは、やはり違う。

私はデビューしてまもなく小倉で文芸講演会をやって、そのときにドストエフスキーの話をしました。そのすぐ後にもドストエフスキーの生誕百年の催《もよお》しが有楽町の、当時の朝日新聞社の中の朝日ホールであって、私と埴谷雄高《はにやゆたか》さんが講演をした。

私はそこで「明るく楽しいドストエフスキー」という話をした。ドストエフスキーというと、とかく額にしわを寄せて、深刻な感じで『地下生活者の手記』みたいなものを愛読するようなイメージがあります。

けれどもドストエフスキーの作品というのは、随所に笑える箇所があって、ロシア人はときどきドストエフスキーを読みながら爆笑するという話を聞いたことがありました。そういうドストエフスキーもある、という話をしたのです。

ドストエフスキーの本の口絵には、ひげを生《は》やして、あたかも「地下生活者」のような、ものすごい写真が載《の》っていますが、そんなドストエフスキーばかりではないのです。

ドストエフスキーが若いころの、不動産屋のようなユーモラスな顔を見ると、そのイメージは一挙に崩れるはずなので、アンチテーゼとしての「明るく楽しいドストエフスキー」という話になりました。

それから四十年くらいしてから、九州のほうに行ってドストエフスキーの話をしましたが、同じ話をしているのだけれど、やはり違うのです。第一、聞いている人たちが違う。

以前はドストエフスキーの話をすれば、聴衆のほとんどはドストエフスキーを読んでいた。最近は『カラマーゾフの兄弟』はベストセラーになって話題になりましたが、でも最後まで読み切った人はほとんどいないといいます。あるいは『罪と罰』は読んだことがない、『貧しき人びと』などという作品については全然知らないとか、そういう感じです。

かつてはドストエフスキーの『白痴』が翻案されて日本で映画になったこともありました。森雅之《もりまさゆき》という二枚目の大スターが主人公を演じて、黒澤明《くろさわあきら》の監督でした。

かつて私たちの学生時代はドストエフスキーの大流行時で、ドストエフスキーを読まずして作家志望などということはありえないというくらいの時代でしたから、やはり現代とは状況、時代が違う。

最近になると、「神なきあとの人間の罪とは何か、罰とは何か」というテーマが人々の関心を呼んで、ドストエフスキーと親鸞が重なって浮上してきている感じがするのです。いま、ドストエフスキーは、改めて再発見された人なのです。

昔は、ドストエフスキーの『貧しき人びと』などでは、「当時のペテルブルグに暮らしているロシアの貧民生活を活写している」とか、「プロレタリアートの生活がドストエフスキーによってえぐり出された」とか、そういう評価もあったのですが、いまは、ドストエフスキーはドストエフスキーでも、違うドストエフスキーに光が当たっているという感じがしています。

これから先百年たって、ふたたびドストエフスキーのブームがきたときには、また全然違う観点からのドストエフスキーの評価が出てくるかもしれません。

ドストエフスキーひとつ取っても、さまざまな角度から光を当てることができるのです。まるでプラネタリウムみたいに、どの角度から光を当てても発光するというのが、ドストエフスキーのすごいところなのでしょう。

●「手垢がつく」ということが、なぜ大切なのか

蓮如は山科《やましな》の本願寺《ほんがんじ》という巨大な、極楽とも思えるようなすごいお寺を造ったと、当時の貴族は書いています。

蓮如がおもしろいのは、たとえば九条《くじょう》家とか、関白家とか、あるいは朝廷とか、そういうところからお金をポンと出してもらって山科本願寺を造ったのではないところです。彼は自力で巨大な寺を造りました。

蓮如は、南無阿弥陀仏という、六つの文字を本尊にした。真宗では、本尊というのは仏様でもなく絵でもなく、南無阿弥陀仏という字が本尊なのです。字が本尊というのは非常にユニークなことで、それを名号《みょうごう》といいます。

そして蓮如は、「名号は掛け破れ」としょっちゅう言っている。

つまり御文というのは、手垢がつくほどみんなに繰り返し、繰り返し読まれるべきである。それと同じく名号というのは農家の片隅の壁に掲げて、囲炉裏《いろり》の煤《すす》だとか、

農具の汚れなんかがついたりしてもかまわない。名号を大事にして、秘仏というような大事なかたちで取っておくのではなく、身近において使いまわせ、

「名号は掛け破れ」

と言っています。

「破れたら、また俺のところへ名号を買いに来い。南無阿弥陀仏と書いた名号は何がしかのお金で人々に分かち与えるので、自分は三国一の名号書きである」

と言って自慢するのです。この自慢がまた私にとってはおもしろいのですが、それくらいたくさん、一日に何百通も名号を書いてはお賽銭をもらって、いわばサイン会をして、そのあがりでもって山科の本願寺を造るのだから、すごいものです。

たとえば朝廷から高野山《こうやさん》をポンともらって、お上《かみ》のお金で寺を建てるとか、東寺《とうじ》をいただくとかとは違うのです。

別にそうしたやり方に文句を言っているわけではないのですが、自分の手で名号を書いて、それに対してのお代《だい》をいただいて、それを積み上げて寺を建てるというのは立派なものだと思います。

蓮如に対する毀誉褒貶《きよほうへん》はもっとももではありますが、しかしそれは蓮如の一つの戦略でもあろうし、それが蓮如の思想というものかもしれないと、私は思うのです。

つきなみとかマンネリということを考えてみますと、やはり生涯を通じて、その人の決まった歩き方というものがあっていいのではないでしょうか。

変わるときは変わっていいのだけれど、歩く方向はだいたい決まっている。歩く方向は一定だが歩き方が違う、歩くコースが違う。そういうふうな感覚で生きていきたいのです。

バブルの前と後、あるいはリーマンショックの前と後、それから今回のような東日本大震災、原発事故の前と後とで、いろいろなかたちで人の意見は変わるべきなのです。仏教の考え方は、すべてのものは常ならぬものであるということだから、それはそれでいい。

でも、生き方がぶれるということと変わるということとは違うのです。歩き方は違うけれど、歩く方向は一定しているほうがいい、というふうに思うわけです。

マンネリと言われればマンネリです。マンネリでなければいけないというふうに自信を持って、そのマンネリを固守しているわけです。手垢がつく、という言葉を、私たちはもう一度見直してみる必要があるのかもしれません。

第八章　鬱《うつ》の効用

●時代の底に流れているブルースのキー

私のモットーの一つに、人が重きをおかないこと、もっと言えば人のバカにすることを大事にするということがあります。

私が歌謡曲や演歌についてさかんに書いていたころは、そうしたものがバカにされていた時代で、知識人はそんなものを聴くべきではないという風潮がありました。

それがあるとき逆転して、「思想の科学」という雑誌などで、寺山修司《てらやましゅうじ》とかいろいろな人たちが集まって、「流行歌の思想」というシンポジウムが始まり、「流行歌こそ日本人の大衆的ナショナリズムなのだ」とか、「エネルギーなのだ」ということを意味づけするようになった。

そうなると、私としては「もう、いいかな」という感じで、逆に背中を向けてしまう。陽《ひ》の目を見るようになると、熱心でなくなる。どうも私にはそういうところがあるのです。

ところで、私が『海を見ていたジョニー』とか、『GIブルース』、『さらばモスクワ愚連隊』など初期の小説で書いているのは、ジャズはジャズですが、保守的な古いジャズです。ディキシーランド・ジャズとか、ニューオリンズ・ジャズといいますけれど、そういうスタイルのジャズを小説の中で書いている。

ところが時代としては、実際には一九四四年にビバップが始まっていて、もうそのころはモダンジャズの入口が開かれているわけです。アメリカでは四〇年代末から五〇年代にブームを迎えますが、日本とアメリカの間には三年から五年タイムラグがありますから、五〇年代の終わりぐらいからは、もう日本にもモダンジャズが入ってきている。

ソニー・ロリンズとかチャーリー・パーカーがあたかも神様のごとくに聴かれて、六〇年代になるとモダンジャズの全盛期でした。中上健次《なかがみけんじ》など、さまざまな人たちが、新宿にあるモダンジャズの喫茶店で、難解なジャズを、祈るがごとくに聴いていた時代でした。

私はそういう中で、みんなが振り向こうともしなかったジャズの発生期のディキシーランド・ジャズ、ニューオリンズ・ジャズにあえて入っていって、それを小説の中で書いていたわけです。作中に出ているいくつかのブルースなども、かなり古くからある音楽でした。

モダンジャズになろうがロックの時代になろうが、基本のところにブルースというものがあります。二十世紀の音楽は、現代音楽であろうとポップスであろうと、どんな流行歌であろうと、ブルースの影響を受けていない音楽はない。ブルースといわれるものは、十二音階の現代音楽の中にも必ず生きている。そこには必ず、ブルースの感覚というものがあるのです。

アメリカが世界の文化に与えた一番大きな影響を考えると、ハリウッドの映画とかいろいろありますけれど、基本にあるのはやはりブルース。これが世界の文化の色づけをした、一番すごいことだと思います。

やはりブルースはブルーだから、レッドでもなければブラックでもないわけであって、「ブルーマンデー」というと「青い月曜日」とは訳さずに、「憂鬱な月曜日」となる。つまり二十世紀から二十一世紀にかけての時代の中に、ブルースのキーが流れているということは、人間にとってはブルーな時代だったからなのです。

たとえばピカソに関していうと、私は「青の時代」が好きです。しかし「青の時代」が好きと言うと、必ず通俗だと笑われる。岡本太郎《おかもとたろう》さんは私とステージで討論をやって、私が「青の時代が好き」と言うと、「そういうことを言っているから五木寛之はだめなんだ」「芸術というのは前衛なんだから、キュビスム以後のピカソこそピカソなんだ」と、力説していました。けれども、私はいまだに「青の時代」のピカソが好きなのです。

●新常用漢字でわかる、いまの時代の重苦しさ

いまの時代が、ある種のブルーの色調を帯びているということだけは、間違いがありません。

二〇一〇年末、数年間の審議を経て、内閣から告示された新しい常用漢字が新聞に

出ていました。常用漢字というのは漢字を使ううえでの目処《めど》となっているもので、教科書も新聞記事も、だいたい常用漢字に沿って使っていく。

字というのはその時代を表現するもので、常用漢字自体は戦前からありましたが、戦後すぐの一九四六年に大改定が行なわれました。

その前提に漢字制限というものがあった。これはアメリカの占領軍の司令部に対して日本の官公庁がさまざまなレポートを出さなければいけないのに、あまりにも漢字が多すぎて翻訳するのが困難になったからです。それで、「ある程度、漢字を制限しろ」ということが、考えの根底にあった。

その当時、「日本語をフランス語に変えろ」などと言う人がいて、志賀直哉《しがなおや》さんなども、そうした主張をしていたぐらいです。ひらがな論者もたくさんいたし、漢字に対する風当たりはものすごく強かった。

そういう中で漢字制限というものが出たのです。

私は歌人の塚本邦雄《つかもとくにお》さんと交流がありまして、よく手紙をもらったり、対談したことがあります。塚本さんは戦後、「漢字さえ制限されて冬になり　ただ黙々と薔薇をつむなり」という歌を詠《よ》んでいます。あの人は薔薇がすごく好きだったから常によく使っていたのですが、そういう歌が繊細な前衛歌人によって詠まれるぐらい、漢字制限は日本文化に対しては衝撃的な出来事だったのです。

常用漢字はその後も、その時代に適合するように改正されます。前回の大改正が、一九八一年です。私が印象に残っているのは、その年に「悠」という字が入っていたことでした。「悠々」の「悠」、「悠然として南山《なんざん》を見る」の「悠」。

その文字が入ってきたということは、高度成長を遂《と》げて、日本人もやっと少し心のゆとりができてきたことがわかります。戦後の痛手から立ち直って、「悠然として南山を見る」という陶淵明《とうえんめい》の詩ではありませんが、そうした心が伸びやかに広がっていくような字が入ってきた。

日本がやっと本当の意味で成熟した証拠かなと思って、少しうれしい思いがありました。

そのときに動物の名前で入ってきたのが、「猫」と「蛍《ほたる》」です。両方とも情緒的な生き物です。やはりこれも、日本にゆとりができてきた証拠だと思います。

その後、文化審議会の国語分科会で五年にわたり審議が繰《く》り返され、二〇一〇年、新たな常用漢字表が正式に発表されました。そこに追加された文字が一九六文字。二〇〇字近い文字が新たに加わったのです。

私が、新しい常用漢字表をパッと見た瞬間に印象として残ったのが、何ともいえない、見た目のどす黒い漢字が多かったことです。

まず、「怨《うら》む」という字の「怨」、それから「呪《のろ》う」の「呪」という字が入る。

それから「苛立《いらだ》つ」の「苛」という字、「潰《つぶ》れる」の「潰」という字、さらに「淫《いん》行《こう》」の「淫」、「萎《な》える」、「萎縮《いしゆく》する」の「萎」、「塞《ふさ》がる」の「塞」、「挫《くじ》ける」、「挫折する」の「挫」。加えて「妬《ねた》む」の「妬」という字、「痩《や》せる」、「溺《おぼ》れる」も入っています。

まだつづきます。

「嘲笑する」、「嘲《あざけ》る」の「嘲」、「罵倒する」、「罵《ののし》る」の「罵」、「貪欲《どんよく》」の「貪」、「諦」、「諦める」の「諦」。「侮蔑《ぶべつ》」の「侮」と「蔑」、「冥土《めいど》」の「冥」、「戦慄《せんりつ》」の「慄」、「妖《あや》しい」「妖怪変化《へんげ》」の「妖」、「賄賂《わいろ》」の「賄」もありました。

●衝撃的だった「鬱」の字の登場

一つのシンボルとして決定的だと思われるのは、「鬱《うつ》」という字が初めて正式に常用漢字の中に追加されたことでした。これまではひらがなで「うつ」と書いたり、カタカナで「ウツ」と書いたりしていた。

今回、常用漢字に追加決定された一九六文字というのは、使用頻度が多い文字です。いまの時代に対して、これはどうしても必要だという文字を、五年にわたる審議で決定した。一九八一年の改定につづく、戦後二回目の改定です。

その追加一覧表を見て私は、何ということだろうと思った。しかも以前は「猫」と「蛍」という、かわいらしい文字が加わっていたけれど、二〇一〇年新たに加わった動物の文字は、見るからに怖そうな「虎」と「熊」です。

悠々の「悠」という字が入ったときに比べて、「鬱」という字がキーワードとして登場してきたということは、やはりそういう時代なのだなと思うのです。文字は鏡のように時代を映すものですから。

これはやはり、平安時代末期に法然《ほうねん》が感じていた末世《まつせ》という色が、非常に濃くなってきているということではないでしょうか。

仏教では時代を正法《しょうぼう》、像法《ぞうぼう》、末法《まつぽう》の三つに分けますが、今は末法の時代です。末法の時代というのは仏の教えが衰える時代で、これは延々とつづくわけですが、その中でも末法の色が濃い時代と、末世なのだけれど、あまりそのことが意識されない時代とがあるとされます。

いまはまさに、平安時代末期から鎌倉時代にかけての、いよいよ世も末《すえ》だという意識の時代と重なってきているのではないか。

法然は末世の宗教、末世の信仰はどうあるべきかということを考えました。われわれはその末世に生きるわけですから、末世の思想とか、世も末の生き方とか、どうしても気になってくるのです。

●年表に残るのは、そのとき起きたことだけ。悲しみはその後で広がっていく

少し文化的な話になりますが、年表というのは便利だし、その時代に何が起きたということはわかるのですが、その当時に人々がどんな心持ちで生きていたかということまではわからないのです。

後世の年表には、「二〇一一年の三月一一日にこういう大きな地震が起き、あわせて原発の事故があって、日本国に大きなショックを与えた」という記述はあるでしょうが、本当のところの時代の空気というのはわからない。

平安末期から鎌倉期にかけては、いまの時代と非常に似通っているところがあります。それは何かというと、非常時だということなのです。当時は世も末《すえ》だという感覚が広がり始めていた。本当に、もう末世だという実感が広がり始めていたわけです。

いままさに津波の後の現場などを見ていると、地獄という感じがまざまざとしてきますが、復興という一過性の景気のいい言葉でさっと拭《ぬぐ》い去られるようなものではな

いはずです。おそらくこれから先も、ずっと弔《とむら》いはつづいていくでしょう。

行方不明の人たちが、少しずつ少しずつ、なし崩し的にわかってくる。そうすると、弔いのお線香の香りは五年、十年と漂いつづける。

当分の間は仮設住宅にどう申し込もうかとか、いろいろな雑事が気を紛《まぎ》らわせてくれています。

近親者が亡くなったときの家族なら、葬儀の順番とか、挨拶状などに追われているから、そのときはあまり悲しくない。それが終わって、ある時間がたって、本当の悲しみがやってくるのです。

今度の大震災は、津波や地震の問題に加えて、原発の問題もあります。放射能は、半減期が怖ろしく長い。いまのまま廃炉にして放射能を閉じ込めるにしても、何十年単位に考えなければいけないとされている。

いま放射能を受けている人たちが、後から影響が出てくるとしたら、二十年、三十年後かもしれない。子どもの体に本当に影響が出てくるのは、その人が大人になってからのことかもしれない。

そのように考えると、長いスパンでものごとを考えなければいけないし、人々の衝撃とか感情とか悲しみも、そのときだけということではなくて、後で出てくるものをどうカバーするかということが非常に大事だと思います。

それと同時に、傷跡というのはやはり消えないでしょう。われわれの世代には、「政府が言うことは信用しない」という気持ちがどこかにある。

それはやはり敗戦のときに、あれだけ大本営発表のニュースで、「勝った、勝った」と言いながら、いつのまにか沖縄も取られて、空襲は受けるわ原子爆弾は落ちるわで、「あの政府発表は何だったのか」という経験があるからです。

あのころも「ただちに敗れることはない」というようなことを言っていたな、と思い返すのです。

この齢《とし》になってみると、一三歳までの戦争中の記憶がやはり生きていて、そういう不信感というのが、今回のようなときによみがえるところがあります。

政府が「安全だから逃げなくていい」と言ったら逃げよう。「危険だから逃げろ」と言ったら逃げまい、ここに留まっていたほうがいいのではないか、というふうに反射的に思ってしまう。

●明治の文豪たちは、みなうつだった

「鬱《うつ》の効用」ということを考えるときに思い出すのは、明治の作家たちはみんなうつだった、ということです。写真を見ると、誰もが不機嫌な顔をして写っている。やはり、近代化の中で矛盾したものをいっぱい抱えていた人たちの運命なのだろうと思います。鷗外《おうがい》の文章の中に「中夜《ちゅうや》、兀然《こつぜん》として坐《ざ》す。無言にして空《むな》しく涕洟《ていい》す」という一文があります。鼻水も涙もグチャグチャにして泣きじゃくることを涕洟というのです。

ひげを生《は》やして軍医総監にまでなったあの大文豪が、狭い座敷の端《はし》に座って、無言ですすり泣いている。そういう自分の姿というものを文字にして、人目にさらして、いささかも人はそれを軽蔑しなかった。

憂愁とか暗愁という言葉を明治のころによく使ったそうですが、そういうものを抱

くのが人間であると、当時はそう思われていたのでしょう。つまり人は、何ともいえない、うつを抱いている人に共感するということでしょうか。

乃木希典《のぎまれすけ》は東郷平八郎《とうごうへいはちろう》と並んで大変人気のあった人ですが、西南戦争で軍旗を奪われたり、いろいろなことがあって、生涯ずっとある種の憂鬱なものを抱きつつ生きて、最後は自決するわけです。

「山川草木《さんせんそうもく》うたた荒涼」「征馬《せいば》前まず人語らず」という言葉が印象に残る金州《きんしゅう》城《じょう》外で歌った「金州城下作《じょうかのさく》」の漢詩も、うつの極《きわ》みという感じのする名詩ではないでしょうか。

明治の文豪たちはみんな心が安らかではなかったらしい。夏目漱石《なつめそうせき》にしても、息子を殴ったり蹴ったり、下駄で踏んづけたり、よく癇癪《かんしゃく》を起こして、本当に大変だったようです。

近代文学史上に残る名作が数多く生まれているので、明治というのは、「坂の上の雲」を目指して、みんな生き生きと明るく活動したように思われています。それも一面ではあったでしょうが、明治期はある種のうつとともに時代が動いていったというのも事実でしょう。

●時代がうつなのだから、その影響を受けないわけがない

いまは流行のようになっていて、心療内科に通院する人が多いようですが、先日統計で見て驚いたのは、小中高の学校教師に、精神の不安定による休職が激増していることです。

それと同時に、勤務医のうつも深刻です。勤務医というのは非常に過酷な労働をしているわけです。日本医師会の統計を見ると、彼らはつねに精神的な不安に襲われて、ときには死を考えたりもするという人が、何%かいるそうです。しっかりとした人がなるイメージのある医者と教師の多くが、精神的にある種のうつを感じているというのは、とても大きな問題ではないでしょうか。

このあいだある大学の精神医学の学会で講演しました。精神科のお医者さんとか、心療内科のドクターたちがたくさん集まってきていました。そのときの会報を見てい

ると、前期のうつ的な症状を抱いている人は一千万人近いというレポートが出ているのです。

「そうか。日本人はみんな、潜在的なうつの前期的な症状になりかけてきているのか」

と、暗然とする思いでした。

しかし私は、こういう前期的なうつの症状は、病気というふうに考えないほうがいいような気がするのです。

いま、国が地方自治体などに通達を出して、健康診断のときに前期的なうつ病の傾向がある人に対して専門医の診断を薦《すす》めています。

しかしながら、私は前期的なうつ病については、すぐさま病気と診断をしてはいけないのではないかと思います。前期的なうつというか、うつ状態というのは正常な人間でも身に覚えがあるでしょう。

うつ状態とは、維摩経《ゆいまぎょう》のことばではありませんが、「衆生《しゅじょう》（世間）病《や》むがゆえに我病む」といった感じの、災害や事故を伝えるメディアから流れてくるニュースを見たときの「あーあ」という思いのことです。

そういうふうに思わない人がいたとしたら、それこそ問題です。こんな時代に、ただ明るく、健康で、前向きでいられるとは思えない。

そう考えると、いま、うつな気持ちを抱くということは、逆にその人の人間性がまだナイーブで、「世間病むがゆえに我病む」というものの影響を受ける、柔らかい、繊細な感受性を持っている証拠だと思います。

いまうつな気分を感じる人は、ある意味、萎《な》えやすい心を持っている人でしょう。ポキンと折れるような心の持ち主でない。萎えるというのはしなえる、ということです。しなえるということは、しなやかという意味でもある。うつを通り越して年間三万数千人という自殺者が出ているというのは、弱い心が折れたのではない、というのが私の持論なのです。

自殺は硬い心が折れたからです。しなうことのできない、硬い心がポッキリと折れたのが、いまの年間三万数千人という自殺者の数なのだと思います。

繰り返しますが、うつとうつ病とは、分けたほうがいい。うつ状態、うつな気分というものと、うつ病とは違います。うつ病というのは病気ですから。

うつな気分を診《み》る心療内科と、うつ病を診る精神科とが分かれていることからも、それはわかるでしょう。精神科では精神疾患として、そう病、うつ病、あるいは双《そう》極性《きょくせい》という病気を専門に、学理的なものに基づいて治療します。いま普通の人が、「ちょっとうつだな」というような感じで言っているのは、やはり気分的なうつということでしょう。

いまの時代は、時代そのものがうつなのだから、これを反映しない人は不感症的な人ではないか。その意味では、そういう人ほど実は心配なところがあるような気がします。

人間というのは、血圧ですら天候や気圧の影響を敏感に受けずにいられない。だから人間は健康でいられるのです。

人は老化して動脈硬化していくに従って、気圧とか周囲の影響を受けなくなっていく傾向があるので、そちらのほうが心配なのです。そう考えると、うつもそれなりに意味があるのではないでしょうか。

●われわれを取り巻く、「下山《げざん》の時代」の感覚

私は、この七、八年というもの、自分たちがいま一つの歴史の中の後半に向かって下山《げざん》しつつあるのだという感覚をずっと持っています。それを「下山の思想」と言ってきた。

登山も大事ですが下山も大事です。重い荷物を背負って必死になって坂道を登っていくときには見えないものも、頂上を極《きわ》めたあとで山を下りる、その下山の中で見えてくることがあります。

下山のときには、ものが見える余裕もある。それは非常に大事なことなのだ、というふうに言いつづけてきました。

老いというのは、ひっきょう下山ということです。若さは登山の過程なのです。登山の過程として急な坂道を、荷物を背負って頂上を目指して歩いていくわけですから、若いときは後ろを振り返る余裕もない。

日本は、苦海浄土《くかいじょうど》といわれた水俣《みなまた》病とか、言うに言われぬ問題を山のように抱えながら高度成長を続けてきたわけです。そのあと、峠から折り返して、時代が下りに向けて進んでいく中で、下山の時代の感覚というものを感じないわけにはいかないのです。

戦後の五十年間は、一種のそう状態だったと思います。「大きいことはいいことだ」という発想の中で、われわれは急な坂道を駆け登りました。そして峠を極め下山を始めて、私たちはいま、ある種のうつの時代に入ってきた。

世界史上での上り坂、下り坂という例を挙《あ》げれば、最近よくいわれるのはポルトガルです。ポルトガルが歴史的に下降する最中に大津波に襲われて、それが没落の最後のとどめのノックアウトパンチになった、という説があります。

ポルトガルというのは一時期、植民地から無限の富というものをどんどん吸収して、王様が国民に働くなと言ったぐらい、富を国民に配分した。こんなにあり余っているのだから働かなくてもいいというぐらいの、栄華を極めた時代があったのです。無敵艦隊といわれるのはスペインだけのことではなくて、ポルトガルもそういう海軍力を持っていた。

けれどもはっきり言って、戦後の日本はそこまでは行っていない。やはり必死で働いて頂上を極めたのであって、植民地から莫大な富が転がり込んできたというのとはわけが違います。

私は、日本はポルトガルのような形にはならないのではないかと思っていますが、先のことは誰にもわかりません。

●長寿は本当にハッピーなのか

東日本大震災の直後、自粛ムードというものがありました。ただ私は、自粛自粛というけれど、今度の東日本の大災害というのは自粛の単なるきっかけなのであって、放っておいてもそうなったのではないかという気がします。

歴史の中で縮小志向が出てくることがあります。そこでは「縮小は悪」と考える思想とは違う価値観が出てくるのではないでしょうか。

昔、奈良へ行ったときに、あるお寺の坊さんが、「大和《やまと》の闇《やみ》は濃いでしょう」と言っていた。たしかにその当時、奈良、斑鳩《いかるが》あたりの夜は本当に濃くて、かつての聖徳太子の一族の悲劇を連想させるような雰囲気があった。深い、つややかな、というと文学的な表現だけれど、そういう闇があったのです。

ところがそれから何十年かたって、パチンコ屋ができ、コンビニもでき、ガソリンスタンドもできて、奈良とか斑鳩の夜がすごく明るくなったのです。そのとき私は、「夜が明るくなるということは、はたしていいことだろうか」と感じるところがありました。

この国では深い闇があるところでも、まずガソリンスタンドができる。そうすると、全国画一の煌々《こうこう》たる光が周辺を照らす。そのうちにコンビニができる。それからパチンコ屋もできるのです。

こういうふうにして、日本の中からつややかな闇というか濃密な闇がどんどん失われていって、やけに明るい夜だけをわれわれは体験しているわけです。

谷崎潤一郎《たにざきじゅんいちろう》の『陰翳礼讃《いんえいらいさん》』ではないけれど、かつては、夜というものには、恐いという気持ちや、不思議だなという気持ちがたしかにあった。

東南アジアのある部族は、一日という言い方をせず、一つの昼と一つの夜というふうに分けて、

「二つの夜と二つの昼が過ぎた」

というのだそうです。彼らは、日が出て沈むまでは人間が活動をする世界であり、日が沈んで夜になると、そこは精霊とかスピリチュアルなものの世界であると考えていた。世界はくっきりと二分されていて、夜は想像力の世界に振り分けられていたのです。

われわれはいま、夜というものの中に、想像力の世界というものをなくしているような気がします。

いま、この国の未来というものに関して、どちらかというと楽観的で希望的な観測をしたほうが誰にとっても受けはいいのだろうけれど、それは無理というものです。言うなればそれは青春が永遠につづかないのと同じことなのです。

人間も国家も同じで、壮年から初老を迎えて、ゆっくりと老化していくわけです。

その老化を悪と考えてしまうと、老いがマイナス評価になってしまう。

体力の面でいいますと、年を取っていくということは大変なのです。まず目が老化してきます。視力が弱まってくるということは、何かを見るたびに老眼鏡を使わなくてはいけないということです。

それから歯というのは、歯科の先生に言わせると、だいたい五十年もつようにできていて、それぐらいが限界ではないかということです。五十過ぎた人間というのは体の各部分を人工的にカバーしていかざるをえない。自然な形では、やはり五十で人間は終わりかとも思えてきます。

考えてみると、人間の寿命というものは非常に長くなってきました。長寿社会というものを考える際に、長寿がハッピーであるという考えも、いまとなっては首を傾《かし》げて振り返ってみる必要があるのではないかという気もします。

平均寿命が上がることが、その国の文化的、あるいは経済的な豊かさを本当に表わすものなのかどうか。いささか疑問を感じます。

●うつは、人間の根底に触れる大切な感覚

仏教に「慈悲」という言葉がありますが、私は、うつの中には、どうしても「慈悲」の中の「悲」という感情が深くこもっているような気がするのです。

「悲」というのは、一章でも記しましたが、思わず知《し》らず識《し》らずのうちにつく、ため息のような、「ああ」といううめき声のような感情といったらいいでしょうか。

そのような思いを表わすものとして、韓国に恨＝ハンという言葉があります。

日本では、うつと言ったり、愁《うれい》と言ったりする。

そしてロシア語では、トスカと言います。

『どん底』という小説を書いたマクシム・ゴーリキーに『トスカ』という中篇があります。トスカというのは、ロシア語辞典などを引きますと、「心を押しつけるような暗いもの思い、憂愁」と訳されている。

でも、明治の小説家でロシア文学の翻訳家でもあった二葉亭四迷《ふたばていしめい》は、『トスカ』を

憂愁と辞書どおりに訳してしまうことを潔《いさぎよ》しとせずに、一生懸命に考えた末に、『ふさぎの虫』という変な題名をつけたのです。

『ふさぎの虫』という小説は、こんな作品です。

「人間は『おぎゃあ』と生まれてくるときに、心の隅に一匹の厄介《やっかい》な虫を宿《やど》している。この虫は、宿り主の人間が幼いころからその心の中に巣食っていて、そして何十年もの間、じっと身動きもせずに胸の中にとどまっている。それでその人間が成長したり、あるいは年を重ねていく中で、非常に難しい局面になったときに、ガバッと顔をもたげて、その人の心臓に牙《きば》を立てる。そうすると、そこから毒液が注《そそ》ぎ込まれて、その人は何ともいえないうつ状態に陥《おちい》って、場合によっては破滅の淵《ふち》に沈んでしまう……」

一人のとても誠実な人物が、貧しい中から身を起こして、財界人としてある程度の立場とか身分、名誉を得たあと、ある朝、突然何ともいえないうつ状態に襲われてしまうのです。

つまり、トスカの虫、ふさぎの虫に胸をかまれてしまう。彼はいろいろ工夫するのだけれど、どんどん転落していって、ついに破滅していくという、読めば読むほどどうしようもない気持ちになってしまう重い小説なのです。

ポルトガル語の「サウダーデ」という言葉もなかなか訳しにくいものです。ポルトガルの植民地だったブラジルでは、ブラジルふうになまってサウダージといいます。これをいろいろな人が訳しているけれど、なかなか日本語に訳しにくい。

ある人は「孤愁」と訳したのですが、いま一つぴったりこない。

サウダーデというのは、何ともいえないもの思いのことです。うつというようなマイナスの感覚だけではなくて、人間存在の根底にひそむ、ある種の運命的な苦というべきものを自覚するときに心の中に訪れてくる感情といったらいいのでしょうか。ファドというのはそういうサウダーデの感情を歌ったものだ、といわれるときがあります。

そしてアメリカのブルースは、アフリカから連れてこられたころの、奴隷労働の中でどうしようもない日々を過ごしていた黒人たちの歌う声が、当時の教会音楽とか、あるいはヨーロッパの民謡、アフリカのリズムなどと交じり合って生まれてきたアメリカ南部の音楽です。

アメリカという国は非常に前向きで、開拓者精神に満ちているように思えますが、根底にブルースがあることでアメリカの文化に陰翳《いんえい》と深みを生み出している。うつというのはそういうもので、うつがなければ陰翳も何も出てはこないとも言えます。うつと

そういうふうに考えてくると、うつというものは、病原菌みたいなものに襲われて、自分が悪い状態に陥っているということだけではないかもしれない。

自分を含めて、人間の存在の根底に触れるような大切な感覚——それが、うつというものの中にはあるのではないか。

●苦しみ喘《あえ》ぐ罪深い人間を、誰が救ってくれるのか

考えてみると、大きな思想とか大きな宗教というものは、うつの中から生まれてきているのです。法然、親鸞《しんらん》とつづく、念仏というような新しい思想にしても、うつの中から出てきたとも言える。

「はかなきこの世を過ぐすとて　海山《うみやま》かせぐとせしほどに
よろずの仏にうとまれて　後生《ごしょう》わが身をいかにせん」

これは『梁塵秘抄《りょうじんひしょう》』にある典型的な今様《いまよう》ですが、徹底的なうつの歌といえるでしょう。

「はかなきこの世を過ぐすとて」というのは、「本当にはかないこの世の中を生き抜いていこう、過ごしていこう」ということ。「海山かせぐ」というのは、「生業《なりわい》をたてる過程で破廉恥《はれんち》なことや罪深い行ないを重ねてきた」ということ。

そういう自分であるから、後生《ごしょう》、つまり死んだあとに、地獄へ行きたくないといって誰かにすがろうとすると、「よろずの仏にうとまれて」、おまえたちみたいな罪深い人間は救われることはないといって突き放されてしまう。「後生この身をいかにせん」という嘆《なげ》きの歌です。

そこに対して法然が言い出したことは、そういう「よろずの仏にうとまれし者」たちこそ、自分の向かい合う衆生《しゅじょう》であるとしてくれる、特異でユニークな仏がたった一人いらっしゃる、ということなのです。それが阿弥陀如来《あみだにょらい》という仏なのだ、と。

ほかの神や仏は、袖《そで》を翻《ひるがえ》して、背中を向けて去っていくであろう。けれど向こうのほうから、「海山かせぐ」生き方をしてきた人間に向かってまっすぐに歩いてくる仏がいるではないか。それは阿弥陀如来という仏なのだ。だから、みんな念仏して、ただ一筋に阿弥陀仏を頼め。そうすれば必ず浄土に往生できるのだ、というのが、法然の教えです。

これは、信じるか信じないかという問題に尽きてしまうのですけれど、「信じて念仏せよ」と法然は言った。それまでは信じるも何も、「そういう罪深い人間の救済の可能性はない」というのが普通の考え方だったわけです。

当時の民衆というのは、うつの中に沈み込んでいました。恵心僧都源信《えしんそうずげんしん》が『往生《おうじょう》要集《ようしゅう》』で描いてみせたような地獄の様相を、まざまざとビジュアルにイメージして、自分たちは死んだらあそこに行くしかないのだというような重い思い、トスカを抱えて生きていたのです。

そして法然につづいた親鸞は、「いや、そういう連中にこそ向き合う仏がいるのだ。それがたった一人の仏なのだ」と言った。「弥陀一仏《みだいちぶつ》」という言葉は、そこから出てくるのです。

弥陀一仏という表現について言えば、

「世界にたくさんいろいろな宗教があるけれど、日本には一神教というものはないのだ、わずかに浄土真宗だけが日本に希有《けう》な一神教である」

というふうに言われることがあります。

しかし、必ずしもそうではない。一神教というのは、「われよりほかに神はなし」という考え方です。しかし、金子大榮《かねこだいえい》という人が、「真宗は選択的な一神教だ」と言っているように、浄土真宗も「この世に八百万《やおよろず》の神はいる」、と認めているわけです。神様はたくさんいる、仏様も大勢いる。薬師《やくし》如来もいる、大日《だいにち》如来もいる。こういう仏もいる、ああいう仏もいる。だけどその中に阿弥陀仏という、唯一、「海山かせぐ」罪を重ねて、自分たちは絶対に救われないと思っている人間、悪に染まっている人々に向かって、手を差し伸べる仏がいる。それにすがり、それに頼むのだ、と。

そこに選択的な一神教があるというのが金子大榮の言葉ですけれど、私は非常に説得力があるような気がします。

「われよりほかに神はなし」というのが原理的一神教ですから、イスラム教でもキリスト教でも、神は唯一無二《ゆいいつむに》の存在なのです。ところが日本にはたくさんの仏様がいる、神様もいる。蓮如《れんにょ》などの言う、「世間の諸神、諸仏、諸菩薩を軽んずべからず」という言葉は、そこから出てくるのです。

世の中にお母さんという人はたくさんいる、友達のお母さんもいる、あれもいる、これもいる、けれどわが母は一人だけだ。浄土真宗というのはそういう考え方だろうと思うのです。

たしかに自分を生んだ母は一人しかいない。ただ、それだからといって世の中の母を否定するのではなく、友達のお母さんに会えば「こんにちは」と言ってお辞儀もするし、挨拶もする。母という存在はいっぱいいるのだと認めたうえで、わが母というものを一つの阿弥陀仏という象徴に向けて選択する。

法然の『選択本願念仏集《せんじやくほんがんねんぶつしゆう》』という本は、そこのところを書いているわけです。

●うつだった大衆の中から生まれた、新しい宗教

浄土真宗自体も、「弥陀一仏《みだいちぶつ》」という言葉を頑《かたく》なに守ってきたところがあって、「門《もん》徒物《とも》知らず」とよく言われたのです。

かつて皇居の前を市電が走っていましたが、戦争中、そこを通るときにはみんな立ち上がって、帽子を脱いでお辞儀をしていたといいます。あのころは、「かしこくも」と前置きされて、「天皇陛下におかせられましては」と言ったときには、誰もが立たなければいけなかった。

真宗の門徒の中には、弥陀一仏なのだから、皇居の前で立ち上がって現人神《あらひとがみ》の天皇に頭を下げるべきか、あるいは頑固に頭を下げないで憲兵につかまるかという選択に悩んだ人もいたようです。

蓮如《れんによ》に言わせれば、立ち上がってお辞儀をしていいのです。「わが頼るときは弥陀一仏ただ一人」ということなのであって、ほかに「仏がいないとか神様がいないとは

言っていない」という考え方なのです。

いずれにしても、平安末期から鎌倉時代にかけて大地震があり、「養和《ようわ》の大飢饉」などというものすごい飢饉があった。大火があり、疫病が流行し、絶えず内乱が起こり、飢餓、凶作が打ちつづいた。そういう世界の中で、人々のほとんどがうつ状態であったのではないか。

その中からある種の非人《ひにん》文化というものが生まれてきた。市民ではない、非民、非常民です。そういう荒々しいエネルギーというものはたしかに台頭していたわけですけれど、だいたい一般の普通の人の心の中には深い不安と、恐れ、それに地獄という観念がわだかまって、うつという感情の中に、みんなが浸《ひた》っていた時期ではなかったかと思います。

そういううつの世界に差し込んでくる光として、新しい宗教運動が生まれた。法然、親鸞、日蓮《にちれん》、道元《どうげん》、栄西《えいさい》、いろいろな人たちが本当に雨後のタケノコのごとくにその時代に輩出して、それぞれに自分の持っている信仰というか思想というものを大衆に語り、人々はその言葉に耳を傾けるわけです。

時代の中でうつが本当に昂《こう》じてこないと、そういうものは現われてこないのではないかという気がしています。そう状態の中では、新しい宗教は生まれてこないのではないでしょうか。

●消えてしまった死後のイメージ

心を癒《いや》してくれるスピリチュアルというものも、底流としてこれから先もずっと人を引きつけていくのだと思います。けれど、本当の宗教とはそういうものとは少し違うような気がします。

いまの人間には全存在をかけて自分たちが生きていることを実感できないと同様に、生きていることの裏側、つまり地獄という観念がない。地獄という観念がはっきりしていないと、極楽とか浄土とかという観念もない。だから浄土に生まれたいという願いが、全然ないのだと思います。

浄土願望がないのは、地獄に落ちるという恐怖心がほとんどないからです。

人は死ねばゴミになるとか、死んだ瞬間に人生というものは終わるのだという発想が一般的です。地獄の恐怖がないということは、迷信などによってわれわれが左右されていない、という意味でもあるのですが。

おそらく本当の意味で、死後というものを恐れていないのでしょう。たとえば中世のキリスト教世界には煉獄《れんごく》と地獄といった、ダンテの描くような世界が、人々の心の中にまざまざとあったわけです。リアルにそういう世界に対する恐怖心があって、何とかしてそこに行かずにすむ工夫はないものか、という気持ちが非常に強かった。

いまのわれわれには、そういう恐るべき死後というものに対するイメージがない。ないことはよいことなのかどうなのか。そのへんはわかりませんけれど、少なくともわれわれは地獄を信じていない。

昔の人たちにとって地獄は、血の池地獄とか針山《はりやま》地獄、閻魔《えんま》様に舌を抜かれるといったビジュアルな、リアルな恐怖としてあったはずです。

奈良の二上山《ふたかみやま》の麓に生まれて比叡山で修行した恵心僧都源信は『往生要集』という本を著《あらわ》して、浄土の美しいありさま、地獄の凄惨なありさまを、名文を駆使して、これでもかというばかりに描いてみせた。

いまわれわれがテレビに大きな影響を受けているのと同じように、その当時の人々が絵巻物などから受ける地獄の諸相のイメージというのは、すごいものがあったと思います。

私はいまの時代に、地獄の恐怖から救い出してくれるリーダーを求めるのは無理なような気がします。そうなってくると、結局、一人ひとりで解決しなくてはいけないということになる。

「ここに救済の旗がある、この旗を目印に行けば救われる」というようなことは、今後は出てこないでしょう。そうなると一人ひとりの責任で、自分自身の問題の解決をしなければならない。それができないときに、たとえば年間三万数千人の自殺に代表される、そういう現象が今後もつづいていくような気がするのです。

すがるものがないというのは、一人ひとりにとっては、とても厳《きび》しい時代です。死後のイメージまで自己責任が求められているようで、気が重くなってきます。

死後の世界というものがあるのかどうか。釈迦は死後の世界について質問されて、ノーとも言わず、イエスとも言わなかった。

彼は自分が体験して、自分の経験として実証できることについてのみを語っています。自分は死んでいないからわからない。死んで帰ってきた人に死の経験の内容を聞いたこともない。

けれども、ないとは言えない、あるとも言えないということで、「無記」という言葉で応《こた》えます。これは「語らず」ということなのです。

それはいったいどういうことなのか。釈迦の態度というのはちょっと中途半端のような気がするけれど、実は一番の正解かもしれません。何も答えない、ただ黙っている。「ああ」と言って、あるとも言わず、ないとも言わない。私は、それが正しい答えかもしれないという気がします。

ただ、人間というのは、誰でも死後に自分が完全に消滅するとは考えたくはない。

日本人は先祖霊というものを信じていました。死んだあとに極楽へ行くとか地獄へ行くとかというのは仏教の思想であって、普通は黄泉《よみ》の国、彼岸《ひがん》などと呼ばれるところへ行ってから、四十九日はそのへんをさまよっているけれど、それを過ぎるとどこか山の向こうにあるところへ行く。

それから何年かの間、そこから人々の生活を見守っている。

そしてまた何十年かたつと、やがて先祖霊というものになって、もっと遠くの世界に行って、われわれ一族を見守ってくれている。

わが国の先祖崇拝とか、位牌《いはい》、お墓とかは、そこから生まれてくるのだろうと思うのです。

そのように考えると、天国という言葉はキリスト教的な発想なのです。けれども今、日本人が気楽に言っている天国という感覚というのは、それとは違います。

よく歌われた「千の風になって」ではないけれど、どこか向こうのほうに、ご先祖やみんなが行っている。先に行った人たちが住んでいる国があって、そこに自分も行くのだ、という感覚でしょうか。

そういう世界を、いまの日本人は地獄とは思っていないのです。

●苦《く》の時代をどう乗り超えていくか

絶対という言葉は、科学的には存在しないと思います。科学に絶対はないのです。絶対という言葉を使う科学者は科学者ではない、とも思います。人生が非合理の上に成り立っているということを考えれば、人間が生きるということ自体が想定外のことだからです。

人生なんて絶対に想定内で収まるものではない。けれども想定外のことがあまりに打ちつづくから、「どうして、なぜ自分だけがこんな目に遭《あ》うのか？」という思いが出てくる。苦《く》の世界というのは、そのわからないことに対する、つまり説明がつかないことに対する抗議の気持ちだと思います。

ある人が病《やまい》に冒《おか》されているその一方で、ある人は不摂生をしているにもかかわらず生涯元気でピンピンして暮らしている。中国の諺《ことわざ》で「良き者は逝《ゆ》く」といいますが、私はその言葉をたびたび思い出すのです。

良き者は逝く。エゴの強い、ある意味で自分の中に強烈な自己主張というか、人を押しのけてでも助かろうと思う人間がこの世では栄えて、本当に心優しい人々たちは先に逝《い》ってしまったり、押し出されたり、つらい目に遭う。

何という世の中なのだろうと思う。けれど、そういうものが世の中なのだと納得すること、受け入れることが苦という言葉ではないかと思います。

現実にそういうことがあまりにも多いものですから、なぜこの人がこんな目に遭わなければいけないのかということをいつも感じます。

「どうしてこの人が」という思い。それが場合によっては、「どうして自分が」ということになってくるのですが、このことは、説明不可能なことなのです。この世に説明不可能なことがあるということが、やはり苦の根本だと思います。

ですから、人の生き死にに関しては、当事者でない人間がいろいろ論評しても、なかなか難しいのです。たとえば自殺した人について、〈なぜこの人は自殺までする気持ちになってしまい、別の道を歩まずにここで死を選んだのか〉、などということをいくら論じても、当事者でない限り、やはり答えは出ないでしょう。

これから先のことがよく見えない時代です。

「三・一一」以後、この国はいったいどうなってしまったのだろうと不安に苛《さいな》まれているかたも多いはずです。

心配しても始まらない、と言ってしまえばそれまでですが、この身ひとつがなによりの財産、せいぜい労《いたわ》って一日一日を生き延びていくしか手はないか、と思っています。

一つ言えることは、いままでの常識が通じなくなってしまったのではないか、ということです。原子力の安全神話だけでなく、私たちの生き方の指針についても常識的なやり方ではしんどくなってきている気がします。

「明日なき時代」だからこそ、この世にたった一人しかいない自分を信じて、自分の中から聞こえてくる本物の声に耳をすまして生きていこう、とひそかに思うのです。

あとがきにかえて

いま、この国に「悲しみの津波」とでもいえるような深い悲哀の感情がひろがっています。

東日本大震災のダメージは、私たち日本人全体の心に、かつてない大きな痛みを残しました。それは数字や統計であらわすことのできない、深い後遺症となって私たちの内側に刻みこまれ、ずっと消えることはないでしょう。

人びとの悲しみに、半減期はないのです。

すでに今年の自殺者は、例年よりもはるかに多いペースで推移しているらしい。十三年連続三万人超という自殺者の記録は、一体どこまで続くのでしょうか。

いま私たちは、「心の戦争」とでもいうべき時代に直面しているのです。好むと好まざるとにかかわらず、今後さらに長い年月の中に生きていかなければなりません。放射性物質の除染が、必死でおこなわれています。しかし、除染され、濃縮された物質は、地上から消えることはありません。

私たちの悲しみや不安は、そもそも科学的に解消できるものでしょうか。心の除染などということが成立するのでしょうか。

このささやかな一冊は、そんな時代に生きる私の、逆説的なメッセージです。折々の講演、インタヴュー、新聞や雑誌にのせた雑文をまとめて上梓するにあたっては、祥伝社の竹内和芳さん、編集部の水無瀬尚さん、角田勉さんにお世話になりました。

また、制作にいたる作業では小林文乃さんに、そしてＡＤの吉永和哉さんにも負うことが大きかったことを記して感謝したいと思います。

五木寛之

■小社刊/各8000円(税別)

五来 重著

『修験道』という言葉を聞いて、いったいどんなものか正しく説明できる人はあまり多くないでしょう。本書は、修験道の本当の姿を示すものであります。

(著者のことば)

第一書評紙・理想・文藝「修験道」について語る――

修験の本質
日本人はなぜ山を尊ぶか？

弊社刊行書の好評既刊

五木寛之　いつき・ひろゆき

1932年（昭和7年）福岡県生まれ。生後間もなく朝鮮にわたり、戦後引揚げ。早稲田大学中退。66年『さらばモスクワ愚連隊』で第6回小説現代新人賞、67年『蒼ざめた馬を見よ』で第56回直木賞、76年『青春の門 筑豊編』ほかで第10回吉川英治文学賞を受賞。代表作に『風に吹かれて』『朱鷺の墓』『戒厳令の夜』『大河の一滴』など。英文版『TARIKI』が2001年度「BOOK OF YEAR」（スピリチュアル部門）に選ばれた。02年に第50回菊池寛賞、04年に仏教伝道文化賞、09年に第61回NHK放送文化賞、10年に第64回毎日出版文化賞特別賞を受賞。最近刊に『親鸞』。現在、第2部を新聞に連載中。

悲《かな》しみの効用《こうよう》

平成23年9月20日　初版第1刷発行

著者――五木寛之《いつきひろゆき》
発行者――竹内和芳《たけうちかずよし》
発行所――祥伝社《しょうでんしゃ》
〒101-8701　東京都千代田区神田神保町3-3
☎03（3265）2081（販売部）
☎03（3265）2310（編集部）
☎03（3265）3622（業務部）
印刷――堀内印刷
製本――ナショナル製本

ISBN978-4-396-11251-6　C0295　Printed in Japan
祥伝社のホームページ・http://www.shodensha.co.jp/